진흙이 있기에 꽃은 핀다

진흙이 있기에 꽃은 핀다

아오야마 슌도 지음
정혜주 옮김

샘터

차례

제1장

시점을 바꾸면 세상도 달라진다

매일을 함께 살아가면서도 서로를, 자신의 인생을, 가능한 한 멀리 떨어져 보는 노력을 계속해나가야 합니다. 전체 모습이 보이면 자연스레 해결의 실마리가 보일 것입니다.

다가가거나 멀어지거나, 거리를 달리한다

어느 여름날, 한낮이 조금 지났을 무렵 초등학생 십여 명이 그림을 그린다며 찾아왔습니다. 본당의 처마 밑에 들어가더니 위를 올려다보며 왁자지껄 떠들더군요. "뭘 그릴 거니?"라고 물으니 "본당을 그리려고요"라고 대답합니다.

"본당을 그릴 거면서 처마 밑에 들어와서야 구석구석에 쳐져 있는 거미줄이나 낡은 문의 옹이구멍밖에 보이지 않는단다. 맞은편의 산길까지 떨어져서 보려무나. 금방 쓰러질 것 같은 본당이어도 수양버들이나 벚꽃, 은행나무 등의 나무들에 둘러싸여 있는데다 그 뒤로는 3,000미터급의 알프스 봉우리(혼슈 중앙부를 차지하는 일본 최고의 산악지대-옮긴이)들까지 펼쳐져서 아름다운 한 폭의 그림이 된단다."

이렇게 말하는 순간 문득 '인생도 마찬가지구나' 하는 생각이 들었습니다.

부모와 자식, 부부, 고부 사이가 너무 가깝다면 결점밖에 보이지 않아 서로를 비난하는 나날을 보낼지도 모릅니다. 더구나 자기 자신의 인생이 되면 더욱더 가까워 보이지 않게 됩니다. 매일을 함께 살아가면서도 서로를, 자신의 인생을, 가능한 한 멀리 떨어져 보는 노력을 계속해나가야 합니다. 전체 모습이 보이면 자연스레 해결의 실마리가 보일 것입니다.

밉살스러운 사람과는 멀어져보는 것이다.

사랑스러운 사람과는 다가가보는 것이다.

밉살스러운 사람과는 다가가보는 것이다.

사랑스러운 사람과는 멀어져보는 것이다.

다가가거나 멀어지거나

인생이란 재미있구나.

이것은 에헤지永平寺의 강사였던 오구라 겐쇼小倉玄照 노사의 시입니다. 너무 가까우면 보이지 않는 것이 있습니다. 반대로 가까워지고서야 처음으로 깨닫는 것도 있습니다. 한편 멀어서 보이지 않는 것이 있지요. 반대로 멀리 떨어져 처음으로 깨닫는 것도 있습니다. 다양하게 거리를 달리하여 위치와 높이를 바꾸고 인생을 바라보아야 합니다.

후지산에 올랐던 사람이 다녀와서 이렇게 이야기했습니다.

"후지산은 멀리서 바라보는 것입니다. 직접 올라가보세요. 거친 산맥이나 길을 막고 있는 암벽, 깊은 계곡에 가로막혀 아름다운 후지산의 모습은 어딘가로 사라져버리고 터무니없게도 등산객들이 버리고 간 쓰레기들만 눈에 들어옵니다……."

설령 자신의 시야에서 후지산이 사라진다 해도 후지산이 없어질리 없다는 것을, 거친 암맥岩脈이나 쓰레기를 품고 있지만 변하지 않는 아름다운 후지산이 있음을 잊어서는 안 됩니다. 평소에 질리도록 자주 보는 평범하고 익숙한 경치도 달빛 아래에서나 눈이 아름답게 쌓여 있을 때는 눈을 의심할 정도로 아름답게 변모하는 것처럼.

꽤 오래전에 라쿠야키의 당대(15대) 라쿠기치자에몬樂吉左衛門(라쿠야키 도기를 만드는 도공의 라쿠 가가 대대로 이어가는 명칭-옮긴이) 씨의 인터뷰 기사를 읽고 감동을 받았고, 그와 동시에 많은 것을 깨닫게 되었습니다.

당대 기치자에몬 씨는 1949년생으로 아버지인 14대는 아들에게 가문을 이어받으라는 말은 한 번도 하지 않았습니다. 본인 또한 중학교, 고등학교를 다니며 가급적 도예를 피했고, 대학도 도쿄예대의 조각과를 선택해 진학했습니다. 대학을 졸업하고서도 '교토에 돌아갈 생각은 없다'며 이탈리아로 유학을 떠난 지 2년. 완전히 다른 문화 속에서 자신과 동양, 그리고 라쿠를 마주하게 되었습니다.

"빛이 강렬하고 음지와 양지가 선명한 세계였습니다. 언어도 모음이 확실히 딱딱했는데, 놋쇠真鍮 구체와 같은 언어가 굉장한 질량과 속도로 기관총의 탄알같이 발사됩니다."

라쿠 씨가 말하는 이 말에 저는 퍼뜩 깨달음이 찾아왔습니다. 이 라쿠 씨의 감성은 이탈리아어와 완전히 상반된다고 해도 좋을 밝고 부드러운 교토 사투리로, 그것은 바로 라쿠야키의 감촉이었던 것입니다.

그는 완전히 양질의 문화인 '유럽의 빛'에 비추어 드러난 라쿠의 미, 동양의 깊이, 그 속에서 자란 '자신 안의 일본'을 깨닫고 라쿠의 세계, 도기의 세계로 돌아와 지금은 도자기를 만드는 데 힘쓰고 있습니다.

도겐 선사道元禪師의 말씀 중에 "저두這頭보다 나두那頭를 바라보고, 나두보다 저두를 바라본다"라는 것이 있습니다. 불가에서는 나두, 저두, 나변那辺, 나리那裏, 저리這裏 등의 말을 자주 사용합니다. '저這'는 이쪽, '나那'는 저쪽, '두頭', '변边', '리裏'는 장소를 가리키는 접미어입니다.

저쪽에서 이쪽을 바라보고, 이쪽에서 저쪽을 바라보는 것처럼 위치와 입장을 바꾸어 지금 이 한 걸음을 잘못 내딛지 않도록 신중히 옮긴다는 것입니다.

너무 가까워 보이지 않는 것이 있다.
가깝기 때문에 보이는 것도 있다.

경치도 인생도,
위치나 입장을 바꿔보세요.
반드시 다른 면이 있다는 것을
깨닫게 됩니다.

먼 미래를 생각하며
지금의 상황을 궁리한다

긴 연휴가 시작된 날, 택시를 탔는데 기사님이 말을 걸어왔습니다.

"방금 해외여행을 가는 가족 다섯 분을 공항에 모셔다 드리고 왔는데 부잣집에서 태어난 아이는 참 안됐더군요. 가고 싶은 곳은 늘 데려다주고, 갖고 싶은 것은 언제나 사주니까요. 평생 돈이 따라다니는 환경 속에서 자라게 되면 자신의 욕망에 제동을 거는 방법도 모르고 성장합니다. 가고 싶은 데 가는 것도 당연하고, 갖고 싶은 걸 갖는 것도 당연해서 기쁨을 느끼는 안테나도 세우지 못하지요.

그에 비해 저는 형제가 열두 명이나 되었습니다. 군고구마도 두 개나 세 개를 사서 나눠 먹어야 했으니 부모님은 정말 힘드셨을 겁니다. 하지만 군고구마 한 개를 한 입씩 나눠 먹었을 때의 그 맛은 지금도 잊지 못합니다. 겨우 군고구마 한 입을 그렇게 기쁘게 먹을 수 있었던 것은 가난한 집에서 자란 덕분입니다……."

저는 선가禪家의 대설법을 듣고 생각에 빠졌고 무의식중에 이렇게 중얼거렸습니다.

"'백 명이 백 명의 아이를 불행에 빠지게 하는 유일한 방법은 언제든 원하는 것을 사주고 가고 싶은 곳에 데려가주는 것이다'라고 루소가 말했습니다. 이렇게 하고 싶다, 저렇게 하고 싶다, 이게 갖고 싶다, 저게 갖고 싶다고 고집 부리는 자신을 내버려두지 않고, 단단히 고삐를 쥘 수 있는 또 하나의 나를 키워내는 일은 부모에게 주어진 중요한 책임입니다."

도겐 선사의 말씀 중에 "현재와 미래가 나아갈 길을 수호하여 이타利他의 방편方便을 영위한다"라는 것이 있습니다. 그 사람의, 또는 그 아이의 먼 미래까지 생각해서 지금 어떻게 해야 할지를 생각한다는 뜻입니다.

휴대전화가 유행하기 시작했을 때의 일입니다. 친하게 지내던 T 선생님이 이런 이야기를 들려주었습니다.

"아들이 '반 친구가 모두 휴대전화를 갖고 있으니 나도 갖고 싶다'고 말하더군요. 나는 아들과 사흘간 허심탄회하게 이야기를 나눴습니다. 휴대전화가 왜 필요하냐고 물었더니 모두가 가지고 있으니 갖고 싶다고 말하더군요. 하지만 저는 모두가 갖고 있다는 이유로 사달라고 하는 것은 잘못됐다고 생각했습니다. 그냥 사줘버리면 훨씬 편할 테지만, 그래서는 안 된다는 생각에 왜 필요한지 몇 번이고 대화를 나누고 이해를 시킨 후에 결국 사주지 않기로 했습니다."

충동적으로 갖고 싶은 걸 사준다는 것은 응석을 받아주는 것일 뿐 사랑도 무엇도 아닙니다. 저는 T 선생님의 아들을 향한 깊은 사랑에 갈채를 보내고 싶었습니다.

지인인 E씨가 유럽의 한 가정을 방문했을 때의 일을 이야기해준 적이 있습니다. 식사를 하던 도중에 그 집 아이가 시끄럽게 떠들자 아버지가 엄하게 꾸짖고 앞에 있던 음식을 치워버렸다고 합니다. 그 모습을 보고 E씨가 "너무 심한 것이 아닌가요?"라고 묻자 그 아버지는 이렇게 말했습니다.

"지금 꾸짖지 않으면 아이의 마음이 죽어버립니다. 밥이야 한두 번쯤 걸러도 아이의 몸이 죽지는 않으니까요."

그 사람의, 또는 그 아이의 일생이라는 전체를 바라보고 나서 지금 어떻게 대처해야 하는가를 생각하는 것이 진정한 사랑이고 배려입니다.

어떻게 대처해야 하는가는,
먼 미래까지 내다보고 결정한다.

지금 갖고 싶은 것, 하고 싶은 것을 우선하는 걸
애정이라고 착각해서는 안 됩니다.

진흙이 없으면
꽃은 피지 않는다

이천 년의 깊은 잠에서 깨어나, 지바 현 게미가와 유적지에서
발견된 세 개의 연꽃 씨앗 중 하나가 식물학자 고故 오가 이치
로大賀一郎 박사의 지휘 아래 발아하여 멋들어지게 꽃을 피웠
습니다. 1951년의 일입니다. 이 오가련大賀蓮이 많은 애호가의
손을 거쳐 신슈의 무료지無量寺(제가 다섯 살 때부터 자란 절입니
다)에도 도착하여 작은 연못에서 몇 송이의 꽃을 피워냈습니다.

잠자리나 벌이 꽃을 찾아와서 꿀을 먹고, 잎에는 청개구리가 기분 좋게 잠들며, 물속에는 올챙이가 무리 지어 헤엄쳐 다니는……. 작은 세계이지만 순식간에 공생의 세계가 펼쳐지고, 숨 쉬고 있음을 깨닫게 됩니다.

자그마한 연못은 곧 복닥거려서, 연꽃은 여기저기로 분가해 나갑니다. 어느 해인가는 화려한 연못이 있는 N가로 분가해갔습니다. 몇 년이 지난 어느 날, N씨가 "선생님께서 모처럼 주셨던 연꽃이 무슨 일인지 전혀 자라지 않고 겨우 살아만 있는 상태예요"라며 하소연해왔습니다.

나는 문득 그의 집이 있는 곳이 기요미즈淸水라는 사실을 떠올리고 물었습니다.

"혹시 연못이 샘물인가요? 물이 너무 깨끗해서 그래요. 유감이지만 연꽃은 진흙이 아니면 자라지 않아요. 진흙으로 옮겨 심으세요."

연꽃은 진흙 밭으로 옮긴 후에야 기력을 되찾고, 몇 년 만에 다시 꽃을 피울 수 있었습니다.

높은 언덕과 땅에는 연꽃이 나지 아니하고

낮고 습한 진흙에서야 이 꽃을 피우나니

- 《유마경》

연꽃은 메마른 고원이나 육지, 맑은 물이 흐르는 곳에서는 자라지 못하고 늪, 진흙 밭에서만 그 아름다운 꽃을 피워냅니다. '진흙 속의 연꽃'이나 '진흙이 많으면 부처가 된다'는 말이 있듯이 사찰 본당의 수미단 위에도 한 쌍의 목련화가 장식되어 있습니다.

예로부터 부처님의 가르침은 진흙 속에 피는 연꽃에 비유하여 설파되어왔습니다.

우선 연꽃이 하는 말에 귀를 기울여보세요. 처음에는 '진흙을 싫어하나요?'라고 물어옵니다.

진흙이라는 말이 상징하는, 나의 마음에 들지 않는 것에서 도망치려고 하지는 않는지요? 건강은 좋지만 병은 안 된다, 이익은 좋지만 손해는 보기 싫다, 성공은 좋지만 실패는 안 된다, 사랑은 좋지만 미움으로부터는 도망치고 싶다…… 내 주변에 여러 가지 감정의 진흙이 소용돌이치고, 내 안에서도 스스로 외면하고 싶은 진흙이 때때로 뿜어져 나옵니다. 한없이 꽃을 쫓지만 진흙은 마다하고 외면한 채 도망치려고 합니다.

그리고 연꽃은 그다음에 이런 말을 건네지요.

"진흙은 꽃을 피워내는 중요한 재료입니다. 진흙이 없으면 꽃은 피지 않지만 그렇다고 진흙은 꽃이 아니지요."

진흙이 없으면 자라기는커녕 꽃도 피울 수 없습니다. 진흙은 재료로서 중요하지만 꽃은 아닙니다. 연꽃이 진흙의 색과 향을 담아낸다면 그 누구도 돌아보지 않겠지요. 진흙의 모습도 향도 담지 않기에, 그 청초한 꽃을 피울 수 있기에, 사람들은 보상으로서 사랑하는 것입니다.

불교는 인과론이라고 하지만 인연을 중시합니다. 인생의 고통을 진흙에 비유한다면, 이 고통이라는 원인에서 어떤 결과가 생겨날까요.

'내가 고통에서 구원받는' 것이 아니라 '고통이 나를 구원하는' 것입니다.

이 말은 교황의 측근으로서 바티칸에 체재하고 있는 시리에다 마사유키尻枝正行 신부가 작가인 소노 아야코曽野綾子 씨에게 보낸 편지의 한 구절입니다.

상처에 크고 작음은 있어도 상처는 상처야. 빌린 것이 아닌 자신의 상처를 소중히 여겨야 해.

이것은 의사이자 정토진종淨土眞宗의 전도사이기도 한 요네자와 히데오米沢英雄 선생님의 말씀입니다.

고통과 슬픔이라는 진흙이 원인이 되어 그 고통에 이끌려 안테나를 세우게 되고 좋은 스승, 좋은 가르침이라는 인연과 만남으로써 진흙은 비료가 되어 아름다운 꽃이라는 결과를 피워냅니다.

어느 날, 한 행각승이 눈물을 흘리며 찾아왔습니다. 법우法
友와 잘 지내지 못해 갈등이 생기거나 다투게 된다면서요. 그
는 어린 시절 양친 밑에서 자라온 환경이 불우했다는 부채감
을 갖고 있었습니다. '모두와 잘 지내지 못하는 것은 어릴 적
행복하지 않은 환경에서 자란 탓'이라며 결론을 내립니다. 나
는 그 행각승을 꼭 안아주며 말했습니다.

"모두와 잘 지내지 못하는 이유를 어릴 적 키워준 부모의
탓으로 돌린다고 해서 문제는 해결되지 않습니다. 그 슬픔 때
문에 출가하고, 길을 찾고, 불법이라는 훌륭한 가르침과 만났
던 것이니까요. 이제 달라지겠노라 스스로에게 말해보세요."

고통은, 진흙은, 안테나를 세우라는 부처님의 자비가 보내
준 선물이라고 받아들입니다. 안테나를 세우지 않으면 스승의
가르침을 받을 수도 없고, 스승을 만나지 못한다면 가르침도
구할 수 없으니까요. 좋은 스승, 좋은 가르침이라는 인연에 이
끌림으로써 진흙을 비료로 바꾸고 한 송이, 한 송이 꽃을 피워
가길 바랍니다.

고통이 나를 구원한다.

병이나 실패, 슬픔, 증오를
거름 삼아 아름다운 꽃을 피우세요.

상대방의 입장에 서서
생각할 수 있어야 어른이다

많은 인생을 상담해오면서 깨달은 것은 나이나 육체는 어른
이더라도 정신적으로는 여전히 어린아이에 머물러 있는 어른
아이가 부쩍 늘었다는 사실입니다. 스무 살이 되었으니 육체
는 어엿한 한 사람이 되었지만 성인이라고는 할 수 없습니다.
정신적으로 성숙하지 않으면 비록 마흔이 되었다고 해도 분
명 어린아이입니다.

그런 어른아이가 결혼하기 때문에 금세 이혼하겠다며 난리를 치고, 자신의 일조차 제대로 마무리 못 하는 미성숙한 사람이 아이를 낳기 때문에 그 아이에게 시달려 신경증에 걸리는 것입니다.

갓 결혼한 한 여성이 상담을 하러 왔습니다. 남편이 사랑해주지 않는다, 부탁을 해도 잘 들어주지 않는다…… 등등 남편을 향한 불만만을 늘어놓았습니다.

저는 물었습니다.

"당신은 남편을 진심으로 사랑하고, 그를 위해 매일매일을 살아가고 있습니까?"

그 여성은 고개를 흔들면서 이렇게 답했습니다.

"그이가 날 사랑해주지 않으니 저 또한 아무것도 안 해줄 거예요."

그녀의 대답에 저는 말했습니다.

"그럼 마찬가지가 아닌가요? 당신에게 남편을 비난할 자격은 없습니다. 입장을 바꿔서 생각해보세요. 만일 당신이 남자인데, 당신처럼 상대를 사랑해주기는커녕 아무것도 해주지 않는 사람을 아내로 맞았다면 사랑할 마음이 생기겠어요?

남편을 책망하기 전에 먼저 그를 사랑하고, 마땅히 해야 하는 일을 성심성의껏 해보세요. 자신이 원하는 걸 남편 역시 바랄 거예요. 당신이 사랑을 원하는 만큼 남편도 당신의 사랑을 바라고 있을 것입니다. 자신을 위해서라도 먼저 남편에게 최선을 다해보세요."

에도 시대 초, 아보시의 료몬지龍門寺에 반케이 요타쿠盤珪永琢라는 선사가 있었습니다.

어느 날 그에게 한 노파가 찾아왔는데 며느리의 흉을 보러 왔더군요. 선사는 그녀의 불평을 귀 기울여 듣고 그녀가 마음의 짐을 내려놓아 홀가분해졌을 즈음에 입을 열었습니다.

"보살님도 예전에는 며느리였던 시절이 있었을 겁니다. 며느리는 보살님의 예전 모습이자 지나온 길이 아닌가요?"

불평을 충분히 털어놓고 홀가분해진 시어머니의 마음속에 이 한마디가 온전히 담깁니다.

다른 날, 며느리가 시어머니의 흉을 보러 찾아왔습니다. 이 불평도 귀 기울여 들은 선사는 마찬가지로 한마디를 덧붙였습니다.

"보살님도 분명 시어머니가 되는 날이 올 것입니다. 보살님의 미래의 모습이자 갈 길이지요."

선사에게 떠오른 생각들을 쏟아내고 마음을 정리한 며느리의 마음속에 이 말이 고스란히 내려앉았습니다. 걸어온 길, 나아갈 길, 어제의 나, 내일의 나의 모습이라고 받아들이자 마음이 움직입니다.

남편의 입장에 선다면, 시어머니가 되어본다면, 나 같은 어머니를 둔 아이의 입장에 선다면, 상대방의 입장에 서서 생각할 수 있는 사람을 우리는 어른이라고 말합니다.

자신이 원하는 것은,
상대방도 원하는 것.

상대방을 비난하기 전에 자신의 행동을 바꿔봅니다.
상대방의 입장을 생각할 수 있는 것이 어른의 조건입니다.

신을 곁에 두고
오늘을 살아간다

로마 교황의 측근인 시리에다 마사유키 신부와 로마에서 함께 머물 때의 이야기입니다. 그때 차를 마시면서 주고받았던 한마디 한마디가 선명히 떠오릅니다.

"저는 '열심히 힘을 기울인다'는 뜻의 공부(일본어의 '공부'는 힘쓸 면(勉) 자와 굳셀 강(強) 자를 사용한다-옮긴이)라는 단어를 좋아하지 않습니다. 조카가 로마로 유학을 간다고 하기에 '로마는 쇠퇴해간다지만 사라지지 않는 아름다움으로 가득 찬 도시이니, 그곳에서 열심히 놀아라'라고 말해주었습니다."

"바티칸을 비롯하여 로마인들은 동시대 사람들의 눈을 두려워하지 않지만 역사의 눈은 두려워합니다. 역사가 어떻게 심판을 내릴지 두려워하고 지금 어떻게 해야 하는가를 생각하려고 하지요."

역사의 눈이라는 것은 다시 말해 하나님의 눈이라고 할 수 있을 겁니다. 아름다운 말로 '쇠퇴해가지만 사라지지 않는 아름다움'이라고 일컬어지는 그 진의는 무엇인가 하고 제 나름대로 생각해봤습니다.

로마는 이천 년, 삼천 년 된 유적을 소중히 지켜나가고 있습니다. 일본이라면 지금 살아가는 이들에게 불편을 끼칠 거라는 생각에 벌써 철거해버렸을 유적을요. 역사가 걸어오는 말에 귀를 기울이려는 자세일 테지요.

로마 교외에는 도미네 쿠오 바디스Domine Quo Vadis 교회가 세워져 있습니다. 약 이천 년 전 폭군 네로는 그리스도 교도를 모든 잔인한 방법을 동원하여 박해했습니다. 기독교를 근절시켜서는 안 된다는 이유로 베드로는 신도들의 도움을 받아 교외로 도망칠 수 있었습니다. 때마침 솟아오르는 아침 해의 황금빛 원이 하늘로 오르는 대신 높은 곳에서 내려와 길 위를 구르는 모습을 보고 베드로는 그 자리에 멈춰 섰습니다.

태양 빛 속에서 사람 그림자가 자신을 향해 걸어오자 베드로의 입에서 놀라움과 기쁨의 목소리가 흘러 나왔습니다.

"오오, 그리스도…… 쿠오 바디스 도미네……."

그리스도의 환영이 답했습니다.

"자네가 나의 백성을 버렸으니 나는 로마로 가서 다시 십자가에 못 박힐 것이다."

베드로는 땅에 넙죽 엎드렸고, 이윽고 떨리는 손으로 순례의 지팡이를 고쳐 잡은 후 언덕의 도시 쪽으로 발길을 돌렸습니다. 그리하여 베드로는 붙잡혔고 주 그리스도와 같은 십자가는 송구하다는 이유로 십자가에 거꾸로 매달린 후 죽음을 맞이했습니다. 이 베드로의 묘 위에 산 피에트로 대성당이 세워져 있습니다.

폴란드인 헨릭 시엔키에비츠가 이때의 이야기를 소재로 삼아 《쿠오 바디스》라는 역사소설을 쓰고 그 마지막을 이렇게 결론 내렸습니다.

"네로는 돌풍처럼, 천둥처럼, 불길처럼, 전쟁처럼, 그리고 역병처럼 그렇게 허무하게 사라져갔다. 그러나 베드로의 바실리카(가톨릭 대성당)는 지금도 바티칸 언덕에서 로마와 온 세계를 굽어보고 있다."

바로 역사의 눈, 신의 눈으로 바라봤을 때를 이야기한 완벽한 문장이라고 할 수 있습니다.

폭군 네로가 극도의 사치로 완성한 그로타 양식의 궁전은 그로테스크라는 이름으로 불리는 폐허가 되었고, 가르침을 지키기 위해 목숨을 걸었던 베드로는 초대 로마 교황으로서 지금까지 그 업적이 전해지고, 그 자리에 세운 산 피에트로 사원은 가톨릭교도의 정점에 선 교황청으로서 전 세계에 군림하고 있습니다.

근시안적으로 보면 베드로는 패배하고, 네로는 완력으로 이긴 것처럼 보이지만 역사의 심판은 그렇지 않았습니다. 흥망성쇠를 만들어내는 역사, '쇠퇴해가는 것'이 말을 거는, 영원히 멸하지 않을 진실이란 무엇일까요.

'쿠오 바디스 도미네'는 노사도 베드로가 주 그리스도의 환영을 향해 물은 말임과 동시에 언제 어디에서든 자신에게 던질 수 있는 질문입니다. 즉 '신은 어디에 가자고 하시는 건가', '부처님은 나에게 무얼 하라는 말씀일까', '나는 지금 무엇을 해야만 하는가'라고 물으며 살아가는 중요함을 생각하는 것입니다.

아담과 이브가 금단의 나무 열매를 먹고 에덴동산에서 추방되었다는 것은, 다시 말해 인간의 분별을 가지게 됨으로써 신의 나라에서 추방되었다는 이야기일세.

이는 니소도尼僧堂의 선승이자 다이유잔사이조지大雄山最乘

寺의 전 주지인 요고수이간余語翠巖 노사가 한 말씀입니다. 입장이 바뀌면 선악이 바뀌는 것처럼 인간의 기준으로는 선도 악도 절대적이지 않습니다. 가능한 한 신에게, 부처에게 물으면서 지금 이 순간을 걸어가고 싶습니다.

동시대 사람의 눈은 두려워하지 말고,
역사의 눈을 두려워하라.

눈앞의 일에만 휘둘려서는 안 됩니다.
영원히 사라지지 않는 진실은 무엇인지 생각해봅시다.

막다른 길처럼 보여도
어디에나 출구는 있다

에도 말기 오사카의 황폐한 절에 후가이 혼코風外本高 선사가
살고 있었습니다. 어느 날 가와카쓰 다헤에川勝太兵衛라는 부호
가 찾아왔습니다. 다헤에가 여러 가지 고민을 선사에게 털어
놓는데, 그때 등에 한 마리가 날아 들어왔습니다.

　비뚤게 서 있던 문틈에서 날아 들어온 등에는, 여기에서 나
갈 수 있겠다고 생각하는 창 쪽으로 기세 좋게 부딪히더니 기

절해서 바닥에 떨어졌습니다. 얼마 있다가 곰실곰실 일어나 또 다시 같은 창문에 부딪혀서 떨어지는 어리석은 짓을 반복해댔습니다.

선사는 다혜에의 이야기를 듣는 둥 마는 둥 등에만을 바라보았습니다. 참다못한 다혜에는 무심코 "선사님은 등에를 상당히 좋아하시는 것 같군요"라고 말했습니다.

"아아, 이거 미안하게 되었소. 그러나 등에가 너무나 불쌍하지 않소. 이곳은 무너져가기로 유명한 절이라 창도 문도 죄다 고장난데다 잘 고쳐 세워도 덜커덩거린다오. 어디로든 나갈 수 있는데 빠져나갈 데가 저 창문밖에 없다고 생각해서 부딪혀 떨어지고, 또 부딪혀서 떨어지고…… 이래서야 죽어버릴텐데 말이오.

하지만 불쌍한 건 등에만이 아니오, 인간도 마찬가지니까."

다혜에는 선사가 등에를 빙자해 깨우침을 주려는 것을 퍼뜩 깨닫고 자기도 모르게 "고맙습니다"라고 머리를 조아리며 절을 올렸습니다.

선사의 현명한 가르침에 따라 등에에 지나지 않았던 자신의 모습을 마주하고 제3의 눈을 열 수 있었던 다헤에는 이후에 노력하여 참선문법의 제자가 되었습니다.

조동종曹洞宗을 대표하는 선승인 사와키 고도沢木興道 노사에게 참선하던 평론가 다나카 다다오田中忠雄 선생님이 어떤 회사에서 이 일화를 이야기했는데 며칠 지나지 않아 편지 한 통이 도착했습니다. 그 회사의 여직원이 보낸 것입니다.

저는 한 남성을 사랑하고 있습니다. 상황이 여의치 않아 결혼을 못하게 되었는데 절망감이 들어 죽어버리자고 마음먹었습니다. 회사 업무도 정리하고 돌아가서 죽으려고 했더니 과장님이 "오늘은 강연회가 있으니까 접수대를 맡아줘"라고 말씀하시더군요. 그런데 멍하니 접수대에 앉아 있는 제 귀에 선생님께서 하신 등에의 이야기가 날아들었습니다. 그 순간 '앗, 나는 등에였구나!'라고 깨달았습니다. 등에였다는 사실을 깨닫고 나서야 비로

소 살아갈 용기가 샘솟았습니다. 선생님은 제 생명의 은인입니다.

여직원의 편지를 읽고 다나카 선생님은 즉시 답장을 썼습니다.

당신의 생명을 구한 은인은 제가 아니라 등에입니다. 앞으로의 인생에도 여러 가지 고비가 있을 테지요. 막다른 길이라고 생각했을 때 나무아미타불이 아닌, 나무아부타불(일본어로 등에가 아부이다 - 옮긴이)이라고 외치세요.

'나는 등에에 지나지 않았구나'라고 깨닫는 나는 등에가 아닙니다. 이 이야기에서 두 가지를 배울 수 있습니다.

첫 번째 배움은 등에가 '여기밖에 나갈 수 없다'라고 여기고 머리를 계속 창문에 부딪히는 것입니다. 달리 생각해보십시오. 앞만 보지 말고 왼쪽, 오른쪽, 위, 아래로 눈을 돌려보세요. 자세를 바꾸는 순간 어디에나 출구가 있다고 속삭일 겁니다.

또 하나의 배움은 사람은 슬픔, 고통에 부딪히면 멈춰서고 되돌아봅니다. 어디가 아팠던 것인가 하고 지금까지 걸어온 자신을 돌아보는 또 하나의 자신이 탄생합니다. 등에 지나지 않았던 자신의 모습을 깨닫기 위해서는 등에가 아닌 눈을 갖춰야만 합니다. 등에였던 자신과 등에가 아닌 자신과의 대화입니다.

　　때 묻은 슬픔에
　　오늘도 가랑눈이 내리네
　　때 묻은 슬픔에
　　오늘도 바람마저 거세게 부는구나

-나카하라 주야(中原中也)

유식학唯識学의 권위자인 오타 규키太田久紀 선생님은 '때가 더럽다는 걸 알기 위해서는 때가 필요하다'라고 말했습니다.

깨끗한 '또 한 사람의 나'가 명백히 깨어 있기에 나카하라 주야의 이 시가 있는 것입니다. 때가 묻었다는 것을 알며 슬퍼할 수 있다는 것은 때 묻지 않고 투명한 '또 하나의 나'가 눈을 뜨고 더 크게 성장한다는 증거입니다.

이 '또 하나의 나'가 좋은 스승, 좋은 가르침, 좋은 벗에 이끌려 더욱더 크게 성장해가는 것…… 여기에 인간 수행의 길이 있는 것이 아닐까요.

어디에나 출구는 있다.

앞만 바라보고
'이 길 외에는 답이 없다'고 믿어버리진 않았습니까?

산 속에서는
산 전체의 모습이
보이지 않는다

미국 전역을 돌면서 선교를 하던 어느 날, 나이아가라 폭포를 찾게 되었습니다. 에리 호수에서 흘러나온 물이 고트 섬에서 갈라져 하나는 국경을 넘어 캐나다 폭포가 되고, 하나는 미국 폭포가 됩니다. 두 개의 폭포는 하나의 시야에 보이는 거리이고, 폭포에 떨어진 물은 순식간에 합류해서 하나의 나이아가라 강이 되는데, 강의 한가운데가 국경선입니다.

두 개의 폭포 모두 비옷을 지급해줍니다. 한쪽은 그걸로 온몸을 감싸며 폭포자락 부근을 걷고, 한쪽은 배를 타고 유유히 바라봅니다. 미국의 폭포는 폭이 300미터, 캐나다의 폭포는 약 700미터의 말굽 형태의 화려한 것으로, 50여 미터 높이에서 비스듬히 떨어지면서 풍압과 물보라가 일어나는데 그 광경이 상상을 초월할 정도로 대단합니다.

마치 폭풍우 속을 필사적으로 빠져나가려는 마음에, 폭포를 올려다볼 여유는커녕 눈도 뜨지 못한 채 젖은 계단을 미끄러지지 않도록 걷는 것이 고작입니다. 가까스로 산자락의 평탄한 길에 이르렀을 때, 처음으로 폭포의 전체 모습을 바라보면서 "아아, 저기를 걸어온 거구나"라고 중얼거리게 되지요.

"폭포를 직접 그 밑에서 마주하지 않으면 대단함을 알 수 없다는 생각에 폭포 한가운데에 들어가버리면 전체의 모습은커녕 그 안에서 허덕이는 자신의 모습도 볼 수 없습니다. 하지만 멀리 떨어져서 바라보면 전체의 모습과 함께 자신의 모습도 마주할 수 있지요.

하지만 멀리서 보는 것만으로는 그 견딜 수 없는 격렬함을 알 수 없고, 그 가운데에 있는 것만으로는 전체를 바라볼 수 없어 양쪽 모두 없어서는 안 됩니다.

인생도 마찬가지입니다. 폭풍과도 같은 고난의 한가운데에 있을 때도 그러한 자신과 자신의 고뇌를 떨쳐내고 멀리서 바라보는 냉정함을, 객관성을, 지혜를 잊지 않고 매일을 살아갈 수 있다면 더할 나위 없을 것입니다."

좌선이라는 것은 전망이 좋은 높은 산에 올라가는 것이다.

이는 사와키 고도 노사의 말씀입니다. 폭포의 한가운데에 있으면 그곳을 빠져나오는 것이 고작입니다. 주변을 둘러볼 여유가 없다면 폭포도, 자신의 모습도 보이지 않습니다.

폭포도, 그 안의 자신의 모습도 버리고 바라보면 처음으로 전체의 모습이 보입니다. 이처럼 자신의 인생도 거기에 매몰되어 있어서는 행불행을 쫓거나 도망치거나, 그 안에서 칠전

팔기하는 자신의 모습은 보이지 않습니다. 그 한가운데에서 허덕이면서도, 그것을 떨쳐내고 조용히 바라보는 또 하나의 눈이 자라지 않으면 지금의 한 걸음을 그르치지 않고 내디딜 수 없는 것입니다.

폭포 밖으로 나오지 않으면 폭포 전체를 바라볼 수 없는 것처럼, 산에서 나오지 않으면 산 전체를 바라볼 수 없는 것처럼, 인생의 바깥으로 나오지 않으면 자기 삶을 전체적으로 바라볼 수 없습니다. 인생의 바깥으로 나온다는 것은 어떤 것인가, 사와키 노사의 수제자인 안타이지安泰寺의 우치야마 고쇼内山興正 노사의 말씀이 떠올랐습니다.

도코노마床の間(방에서 어떤 공간을 마련해 인형이나 꽃꽂이로 장식하고, 붓글씨를 걸어놓는 곳-옮긴이)에 관을 두고, 기고만 장해 있을 때나 출구가 보이지 않을 때 그 관 안에 들어가서 되돌아보라.

자신의 모습을 멀리 떨어져서
지그시 바라보자.

산 속에서는 산 전체의 모습이 보이지 않는 것처럼,
고통 속에서 허덕여도
고통의 전체 모습은 보이지 않습니다.

제2장

때로는 좋고, 때로는 나쁜 것이 인생이다

어느 쪽이 물이었다면 부딪치는 일은 생기지 않습니다. 부딪치는 것은 양쪽 모두 얼음이라는 증거입니다. 오히려 그 덕분에 '나도 얼음이었구나'라고 깨닫게 되면 상대방의 얼음이 부처님이었음을 마주하게 됩니다.

불행한 일을 거름 삼아
인생이 깊어진다

선화禪畵에는 원상圓相(완전한 깨달음이나 마음의 본래 모습을 표상하는 동그라미-옮긴이)이 자주 등장합니다. 문자가 아닌 상징적인 표현이라서 많은 의미를 내포하고 있는데, 거기에 곁들여진 제문에 의해 필자의 마음을 짐작할 수 있습니다.

제가 애착을 갖고 있는 원상은 요고수이간 노사의 서화로 '시작도 없고 끝도 없는 동그라미는 우주와 같으니'라는 문구가 곁들여 있습니다.

붓으로 그린 원상에는 시작과 끝이 있지만, 원 그 자체에는 시작도 끝도 없습니다. 시작도 끝도 없다는 것은, 다시 말하면 어느 한 점을 가리켜도 끝이면서 동시에 출발점이라는 뜻입니다.

인생을 직선이 아닌 동그라미 모양으로 생각했을 때, 어느 한 점을 가리켜도 끝이라는 것에서 두 가지를 배울 수 있습니다.

하나는 어느 한 점을 가리켜도 지금까지 살아온 인생 총결산의 모습, 지금 현재 자신의 모습이라는 것입니다. 1일 24시간, 1년 365일이라는 시간의 재산을 모든 사람들은 공평하게 받았습니다.

그 1일 24시간이라는 재산을 두세 시간만큼의 얄팍한 농도로밖에 사용하고 있지는 않습니까? 아니면 30~40시간 정도의 밀도 높은 삶을 살아가고 있나요? 어둠으로 채우느냐, 빛으로 채우느냐에 따라 인생은 완전히 달라집니다. 30년, 50

년, 70년 동안 쌓아올린 삶의 총결산이 바로 지금 우리의 모습입니다. 무엇을 생각하고, 무엇을 말하고, 어떻게 행동해왔는가…… 그 하나하나가 한 점의 부끄러움 없이, 눈에 보이지 않는 끌이 되어서 인격을 깎아나갑니다. 옷차림이나 화장으로는 속일 수 없는 내면으로부터 스며나오는 것입니다.

오랜만에 중학교 동창회에 나갔습니다. 예전에는 그렇게 예쁘다고 생각하지 않았던 친구가 깊은 고요가 감도는 아름다운 사람이 되어 있었습니다. 반대로 예전에 예뻤던 친구는 눈에 띄지 않게 되었지요. 몇 십 년간 만나지 못했던 친구들의 삶이 눈앞에 하나하나 그려졌습니다.

깊은 아름다움이 감도는 친구의 인생은 그리 행복하지는 않았을 겁니다. '고난을 잘 이겨냈구나, 불행했던 일을 거름 삼아 인생을 깊고 풍부하게 만들었어'라는 생각이 들었습니다.

불법이란 자신의 눈과 귀, 머리를 바꾸는 것이다.

57

이것은 사와키 고도 노사의 말씀입니다. 그는 부모님과, 부모님 대신 자신을 키워준 숙부를 어렸을 때 떠나보내고 마지막에 유흥가 뒷골목에 있는 사와키 가에서 자랐습니다. 어느 날 뒷골목에서 놀다가 명을 달리한 한 남자의 모습을 보고 '언제 어떠한 때 죽음이 찾아올지 모르는데 평범한 삶은 불가능하구나'라는 사실을 깨닫고 '부모님과 숙부가 줄줄이 세상을 떠나도 깨우치지 못한 나를 위해서 보살이 이 같은 활극을 보여주었다'며 출가를 했습니다.

그가 유흥가 뒷골목에서 죽어간 남자를 보살의 화신으로 보았을 때, 보살로서, 빛으로서 그의 마음에 아로새겨집니다. 세간에서는 비웃는다고 해도 말이지요.

문제는 상대방에게 있는 게 아니라 어디까지나 받아들이는 자신에게 있는 것입니다.

두 여인이 간다.

젊은 여인은 아름답고

늙은 여인은 더 아름답다.

-휘트먼

'젊음 = 아름다움'은 자랑거리가 아닙니다. '늙은 여인은 더 아름답다'고 말하는 것처럼 주름이 없어 아름다운 것이 아니고, 백발이 아니라서 아름다운 것도 아닙니다. 주름 하나하나, 백발 한 올 한 올에 지금까지 어떻게 살아왔는지, 그 삶의 모습이 은연중에 빛납니다. 인격의 빛, 그래서 '늙은 여자는 더 아름답다'고 말하는 것입니다.

예전에 예술대학 학장이었던 히라야마 이쿠오平山郁夫 선생님과 대화를 나눈 적이 있습니다. 그때 마음에 남은 말이 '한 장의 그림에는 지금까지 어떻게 살아왔는가가 모두 담겨 있다'라는 말씀과, '재주가 아니라 그 사람이 평소에 익혀오고, 쌓아온 것이다'라는 말씀이었습니다.

본뜻은 어디까지나 '자신의 인생을 어떻게 살아왔는가'이고, 그것이 한 장의 운치 있는 그림에 저절로 배어나온다는 것입니다.

와세다 대학의 미술 교수이자 시인이기도 했던 아이즈 야이치会津八一 선생님은 '벗이여, 아름다운 사람이 되고 싶나이다'라고 써서 지인에게 보냈습니다. 매일을 소중히 살아가고, 아름다운 사람이 되고 싶다고 생각했던 것입니다.

여태까지 살아온 인생의
총결산인 모습이 지금의 나.

시간이라는 재산을 어떻게 사용하는가는
자신에게 달렸습니다.
그 축적이 내면으로부터 배어나오는 것입니다.

좋은 연을 만나
인생은 바뀔 수 있다

거짓말 하나 할 수 없을 정도로 변해가는

자신의 사랑스러움을 귀히 여긴다.

 이것은 33세에 사형을 당해 생을 마감한 시마 아키토島秋人

씨의 시입니다. 저는 변하는 것이 어렵다고 한탄하는 젊은이

들에게, 귀신도 부처도 될 수 있는 모든 재료를 가진 사람이 선

한 인연을 만남으로써 자신의 생명을 마주하는 인생으로 전환할 수 있었던 시마 아키토 씨의 이야기를 자주 들려줍니다.

만주에서 태어난 시마 아키토 씨는 전쟁이 끝나고 부모와 함께 일본으로 돌아왔습니다. 집안이 몹시 가난하여 어느 날 배고픔을 참지 못하고 한 농가의 집에 몰래 들어갔다가 안주인에게 붙들렸는데, 무심결에 그녀를 목 졸라 살해했습니다. 그렇게 감옥에 갇히게 되고, 사형수가 되어 차분히 자신의 인생을 돌아보게 되었습니다.

32년을 살아오면서 딱 한 번 칭찬받은 적이 있는데, 중학교 때 미술 선생님이 "그림은 서툴러도, 구도가 좋구나"라고 말씀하셨을 때입니다. 그때의 기억이 떠올라 그리움을 담아 감옥에서 편지를 보냈습니다. 그러자 선생님한테 바로 답장이 왔는데, 그 편지에는 사모님이 지은 시가 함께 들어 있었습니다. 이 시가 계기가 되어 시인이자 국문학자인 구보타 우쓰보窪田空穂에 대해 시를 짓게 되고, 시에 이끌려 기독교와도 만나게 되면서 인생관이 크게 바뀌게 됩니다.

자신에게 주어진 따뜻함을 문득 깨닫고

하나님이 주시는 생명이라 여긴다.

세상을 위해 죽어가려는 사형수의

눈은 받는 이가 없을지도 모르네.

뒤늦게 생명의 존엄함을 알게 된 것입니다.

뭔가 좋은 일을 하고 죽고 싶지만 감옥에 갇혀서는 아무것도 할 수 없구나. 하지만 나의 눈은 33세의 젊은 눈이라 쓸모가 있을 테니 안구은행에 연락해서 사형 집행 후 사용해달라고 해야지. 그러나 이 눈의 주인이 사형수라는 걸 안다면 받으려는 이가 있을까…….

이런 생각이 전달되어 옵니다.

어느 절의 본당에 '오척의 몸, 차용증서'라고 쓰인 편액이 걸려 있었는데, 무심코 옮겨 적었습니다.

'번뇌가 가득 찬 몸은 불법 청문의 건에 대해 차용을 하겠나이다. 그럼에도 노소부정老少不定(노인도 소년도 언제 죽을지 모른다는 뜻-옮긴이)의 세계에 있으므로 목숨을 앗는 무상한 바람이 불어온다면 어느 때라도 돌려드리겠나이다, 운운.'

보내는 사람은 '사바세계의 염불행자', 받는 사람은 '염라대마왕'입니다.

'번뇌가 가득 찬 몸', 다시 말해 귀신도 부처도 될 수 있는 재료를 모두 갖춘 이 정신과 신체. 우선은 무엇에 사용할까, 자신의 생명이 정말로 사랑스럽다면 귀신은 나오지 않고 부처가 나올 수밖에 없게 됩니다. 최고의 삶을, 시마 아키토가 '하나님이 주신 생명'이라고 스스로 자신을 합장하는 삶을 살 수밖에 없습니다. 그러기 위해서는 좋은 연을 만나야만 합니다. 좋은 스승과, 좋은 스승을 통해 좋은 가르침을 만남으로써 안목을 키워나가지 않으면 안 됩니다. 이를 위해 몸과 마음을 얼마간 빌리고 싶다는 이야기입니다.

모두 가장 좋은 것을 찾자.

그리고 값어치가 없는 것에

안달하지 않도록 노력하자.

　이렇게 노래한 시인 야기 주키치八木重吉 씨의 마음을 생각

하는 겁니다.

무언가 좋은 일을 해서
죽고 싶다.

귀신도 부처도 될 수 있는 나.
좋은 연을 만나서 인생은 바뀔 수 있습니다.

죽음을 의식하며
오늘을 살아간다

친한 사람들이 잇따라 황천으로 떠났습니다. 장례식을 찾은
분들께 저는 이렇게 이야기합니다. 장례식의 의미 중 하나는
떠나간 사람이 온몸과 마음을 바쳐 남은 사람들에게 선물하
는 마지막 유언이라고요. 그 한마디를 가슴에 새겨듣습니다.
그리고 그 한마디를 살아가는 동안 매일매일 조금이라도 실
천한다면, 떠난 자의 유언을 귀 담아 들었다고 말할 수 있지

않을까요. 그 한마디는 무엇일까요?

"당신도 죽는 날이 반드시 찾아올 거야. 예고 없이, 가차 없이. 언제 그날이 찾아와도 좋을 만큼 매일, 매시간을 살아가라고."

이런 이야기가 아닐까요?

석가모니는 '네 마리의 말'에 대해 이야기했습니다. 첫 번째 말은 마부가 휘두르는 채찍 그림자만 봐도 달리는 말로 준마라고 합니다. 두 번째 말은 채찍이 털끝을 스치면 달리는 말, 세 번째 말은 피부에 닿고서야 달리는 말입니다. 네 번째 말은 뼈에 파고들어서야 겨우 달리기 시작하는 말로 노마駑馬(느리고 둔한 말-옮긴이)와 같은 부류라고 말했습니다.

이는 대체 무슨 의미일까요?

머나먼 마을에 살고 있는 사람이 죽었다는 소식을 듣고 마치 자신의 일처럼 느끼고 살아가려는 사람은 첫 번째 채찍 그림자를 보기만 해도 달리는 타입의 사람입니다. 자신이 살고 있는 마을에서 부고를 듣고 무심결에 자신의 일처럼 분발하는 사람이 두 번째 타입의 사람입니다. 자신의 형제자매를 떠나보내고 느지막하게 깨닫는 사람이 세 번째 타입의 사람이고, 마지막 네 번째는 자기 자신이 병고로 죽음이 다가오고서야 간신히 깨닫는 타입의 사람입니다. (출전《잡아함경》)

장례를 겪으며 배워야 하는 한 가지는 떠나는 자의 마지막 유언을 들음으로써 '언제 죽음이 찾아와도 괜찮다'고 말할 수 있도록 지금 현재를 살아가는 것입니다.

이시카와 현 고마쓰 시에 이마카와 도루今川透라는 정토진종의 주지가 있었습니다. 어느 날, 그가 강연을 부탁한다는 편지를 보내왔습니다. 편지에는 '암을 앓고 병상에서 甦라는 글자를 떠올렸다'는 내용이 적혀 있었습니다.

살 생生 자 아래에 한 일一 자와 죽을 사死 자 위에 한 일一 자가 하나로 합쳐져 하나의 글자를 이룬다는 의미입니다. 이 글자에서 무엇을 배울 수 있을까요?

우선 저는 만날 수 있는 가장 가까운 날을 잡아서 10개월 뒤에 만나자고 약속했습니다. '꼭 살아서 기다려주세요'라고 기도하는 마음을 담아서요. 이마카와 스님은 기다려주었습니다. 첫 인사가

"올봄에 간암으로 전이되어 더 이상은 어렵겠구나 생각했지만, 어떻게든 목숨을 유지해서 오늘 아오야마 스님을 만날 수 있었습니다"라고 진심으로 반갑게 맞이해주었습니다. 그때 이마카와 선생님의 부인이 눈물을 흘리며 건넨 말을 잊을 수 없습니다.

"저이는 암에 걸린 덕에 진정한 스님이 되었습니다……."

나는 그 말을 듣고 화들짝 놀라서 무심코 아내분의 얼굴을 보았습니다.

태연히 말할 수 없는, 그러나 대단한 의미가 담긴 말입니다. 죽음의 선고를 받아들임으로써 사람은 뒤늦게 생명의 존엄성을 깨닫고, 그 생명을 어떻게 살아가야 하는지 진지하게 생각하며 거리낌 없이 받아들일 수밖에 없게 됩니다. 죽음을 잊는다면 생도 아둔해집니다. 언제까지나 살아 있을 것이라 생각하는 인생은 비록 장수한다고 해도 결국은 아무것도 없는, 아무것도 하지 못하는 인생으로 끝날 테지요.

교육에 한평생을 건 도이 요시오東井義雄 선생님은 '살아 있다는 것은 죽어가는 생명을 끌어안고 있는 것'이라고 말했습니다. 암 같은 난치병에 의해 죽음을 선고받은 사람이나 교도소에 수용된 사형수만이 사형수가 아닙니다.

사람은 모두, 아니 살아 있는 모든 것은 예외 없이 사형수입니다. 나이를 불문하고, 병에 걸렸든 건강하든 예고 없이 죽음은 기다리지 않고 찾아옵니다. 시시각각으로 죽음과 등을 맞대고 있는 인생임을 잊지 말라는 것이 '尨'라는 글자가 말하는 하나의 의미일 것입니다.

앞에서 말했던 '오척의 몸, 차용증서' 중 '목숨을 앗는 무상한 바람이 불어온다면 어느 때라도 돌려드리겠나이다'라는 말에 담긴 마음, '언제 죽음이 찾아와도 괜찮다'고 말할 수 있는 지금 현재의 삶을, 진지하게 자신이 선 자리에서 계속 의문을 던지며 살아가야 합니다. 인도 독립의 아버지라고 칭송받는 마하트마 간디의 말처럼 말입니다.

내일 죽을 것처럼 살아라.
영원히 살 것처럼 배워라.

죽음을 잊으면, 생도 아둔해진다.

누구에게든 예고 없이 죽음은 기다리지 않고 찾아옵니다.
죽음을 의식하지 않는 인생은,
아무것도 할 수 없는 인생이라고 할 수 있습니다.

내려가는
비탈길에서만 보이는
풍광이 있다

젊었던 어느 날, 손님을 모시고 가미코치에서 즐거운 시간을
보낸 적이 있습니다. 아즈사가와의 강변에서 다과를 즐긴 후
갓파바시에서 묘진이케까지 걸었습니다.

처음 찾은 가미코치. 걸음을 옮길 때마다 산의 모양새가 바
뀌는 나무들 너머로 호타카 봉우리의 모습도 아름답고, 바닥
까지 맑은 아즈사가와의 강물도 상쾌하고, 바위 그늘에 피는

고산식물의 가련한 모습도 사랑스러우며, 깊숙한 나무그늘에서 쨍쨍거리는 작은 새들의 노랫소리도 즐거운 데다, 그리고 그 소리나 꽃향기를 타고 불어오는 바람도 산뜻합니다. 한 걸음 한 걸음을 더할 나위 없이 즐기면서 걷고 있었습니다.

그런데 동행하던 사람의 대부분은 묘진이케에 도착하는 것만을 목표로 하고 "아직 멀었나"라며 숨차 하고, 모처럼의 풍경을 눈에 담기는커녕 새의 노랫소리도 듣지 못하더군요. 저는 문득 이런 생각이 떠올랐습니다. '인생의 여정도 이렇다'라는 것을.

인생에는 다양한 여정이 기다리고 있습니다. 기쁨도 슬픔도, 그럴 리 없다고 생각했던 일도, 가능하다면 도망치고 싶은 일도. 우리는 그런 일들에 둘러싸여 일희일비하고, 쫓아가거나 도망치거나, 도움을 요청하거나, 기고만장하거나 의기소침하거나…… 언제나 마음가짐이 무너져버립니다. 하지만 어떠한 상황에 있든 쫓기거나 도망치거나 늑장 부리지 않고 그곳을 수행의 장으로 여겨 자리를 잡고 차분히 일어섭니다. 게다가 한 걸음 더 나아가 적극적으로 경치를 즐기며 나아가야 합니다. 기차 여행도 경치에 변화가 있는 쪽이 즐거운 것처럼요.

내려가는 비탈길에는 내려가는 비탈길의 풍광이 있다.

이것은 염불자이자 시인인 에노모토 에이이치榎本栄一 씨가 쓴 시의 한 구절입니다. 인생의 여정에서 내려가는 비탈길에 서면 우리는 '이런 곳까지 떨어져버렸구나'라는 고통스러움에 아무것도 보이지 않게 됩니다. 하지만 그런 때는 내려가는 비탈길에서만 보이는 경치를 즐기는 겁니다. 수렁에 빠진다면 수렁에서밖에 맛볼 수 없는 풍광을 즐기고 맛보는 것입니다.

잇사一茶의 말씀이라 전해지는 것에 '달팽이는 어디에서 죽어도 자기 집이네'라는 것이 있습니다. 내려가는 비탈길도, 수렁도, 올라가는 고개도, 또는 봉우리 위도, 그 어디도 예외 없이 부처님 손바닥 한가운데인 것입니다.

도겐 선사는 이러한 삶을 '우일행 수일행遇一行修一行', 즉 하나의 행위를 만나게 되어 비로소 그 행위를 실천할 수 있다는 말로 표현했습니다. 인생의 목적을 예를 들면 묘진이케에 도착한다는 거리에 두지 않고, 지금 여기의 한 걸음 한 걸음에 두는 것입니다. 어떤 한 걸음도 어떤 한순간도, 둘도 없는 우리 생명의 행보로 소중히 옮기는 것입니다.

다도의 제자인 H씨가 암에 걸렸다는 사실을 알게 되었는데, 어느 날 그가 '우일행 수일행'을 써달라며 찾아왔습니다. 저는 '암이라는 하나의 행위를 수행하겠다는 각오구나'라는 생각에 놀랐습니다. 빨리 써서 건네 드렸는데, H씨는 그것을 베개 밑에 두고 수행하길 몇 년, 결국 올해 초여름에 먼 길을 떠났습니다…….

우치야마 고쇼 노사는 이렇게 자주 말씀하셨습니다.

"인생의 마지막에는 세상을 떠나는 것이 아닌, 세상에 버려진 상태가 기다리고 있을 것이다. 그 세상에 버려진 상태라는 하나의 행위를 꾸물거리지 않는 바른 자세로 임하는 데 보람을 느낀다."

내 마음의 달성 여부와 상관없이 '우일행 수일행'을 무사히 마치는 것은 그렇게 간단한 일이 아닙니다. 그리고 그것이 '언제 죽어도 좋다'라는 삶에도 있는 것입니다.

이번 장 처음에 '인생을 원상으로 생각하는데 원상은 어느 점을 가리켜도 끝이면서 동시에 출발점으로 그 끝이라는 것에서 두 가지를 배울 수 있다, 하나는 '그 모습이 지금까지 살아온 인생의 총결산이다'라고 이미 앞에서 이야기했습니다. 또 하나가 이 '언제 죽어도 좋다, 지금 현재를 살아간다'는 것입니다.

내려가는 비탈길에는
내려가는 비탈길의 풍광이 있다.

인생에는 다양한 여정이 있습니다.
내려가는 길을 싫어하지 않고,
거기에서만 맛볼 수 있는 것을 즐기도록 합시다.

장소가 어디든
어떻게 살아가는가가
중요하다

어느 날 사형수에게서 속달 편지가 도착했습니다. '오래 살 수
있는 목숨이 아니다, 답장할 마음이 있다면 속달로 달라'라고
쓰여 있었고, '이 몸 / 귀신과 부처와 / 함께 살아간다'라는 글
이 곁들여 있었습니다. 저는 서둘러 다음 세 가지를 써서 보냈
습니다.

1. 내가 어디에 있든 어떻게 살아갈 것인가가 중요하다.

2. 인생의 목적은 오래 사는 것이 아니라 잘 살아가는 것이다.

3. 잘 살아간다는 것은 지금은 좋지 않다고 깨닫는 것이다.

첫 번째 글인 '1. 내가 어디에 있든 어떻게 살아갈 것인가가 중요하다'부터 생각해봅시다. 일반적으로 생각하면 교도소는 좋은 곳이 아닙니다. 여기는 좋은 곳, 여기는 되도록 있고 싶지 않은 곳이라고 나누는 것처럼요. 그러나 살아 있는 생명의 조건에 변화는 없습니다. 교도소는 살아갈 수 있는 공기가 희박한 곳도 아니고, 햇빛도 상쾌한 달빛도 닿지 않는 곳이 아닙니다. 살아 있는 생명의 조건은 어디나 완전히 동일합니다.

그 안에 있는 줄도 모르고 활짝 갰네.

하늘에 안겨 구름이 노니는구나.

-순도

81

성난 구름의 모습을 잡는다거나 두둥실 꿈결 같은 모습이
된다거나, 또는 붉게 염색하거나 금으로 장식하는 등 아름답
게 꾸민다거나……. 어떠한 상태가 되면 넓은 하늘에 안긴 나
날을 보낼 수 있을까요. 부처님 손바닥 한가운데에 감싸인 나
날임에는 변함이 없습니다. 생명의 참모습을 하늘과 구름에
비유한 노래입니다.

손오공이 하늘 끝까지 날아가봤지만, 부처님 손바닥에서
벗어날 수 없었다는 이야기는 상징성을 띤 재미있는 이야기
입니다. 어떤 상태라고 해도 부처님 손바닥 한가운데의 나날
임에는 변함이 없습니다. 그렇기에 내가 어디에 있든 상관없
는 것입니다. 문제는 '거기서 어떻게 살아가는가'뿐입니다.

이 몸 / 귀신과 부처와 / 함께 살아간다

조건에 따라서는 귀신도 부처도, 무엇이라도 될 수 있는 모
든 재료를 가진 우리. 부처님과 같은 모습이라도, 또는 아무리

수행을 한 사람이라도, 악조건 속에 있으면 살인자가 될 수도 있는 것이 인간입니다.

반대로 악마처럼 흉악하게 살아온 사람이라도 때에 따라서는 부처님도 무색할 만큼 훌륭한 일을 어렵지 않게 할 수 있습니다. 도망치며 살아가던 범죄자가 어린아이가 강에 빠진 것을 보고 무심결에 강에 뛰어들어 구했다는 이야기를 들은 적이 있을 겁니다.

신란親鸞 성인이 '그럴 만한 업연業緣이 일어나면 어떠한 행동도 할지어다'라고 말씀하신 것처럼, 나는 무엇이라도 될 수 있는 모든 재료를 갖고 있습니다. 다시 되돌릴 수 없는 단 한 번의 인생이기에 무리를 해서라도 부처님이 나오게 살아야 합니다. 무리를 해서라도 서로에게 사랑의 말을 하고, 무리를 해서라도 생긋 웃으면서 살아가자고 스스로를 타이르며 나아가야 합니다.

언젠가 2박 3일의 참선회가 끝난 후, 한 노부인이 인생 상담을 위해 남았는데 정년퇴직을 하고 나서 부부 두 사람의 삶이 견딜 수 없이 고통스럽다며 고백해왔습니다. 이야기를 하던 부인의 얼굴이 점점 귀신처럼 변하더니 마지막에는 "남편을 죽이고 싶어요!"라는 말까지 튀어나왔습니다.

저는 말했습니다.

"30~40년을 함께 인생을 걸어왔는데 마지막에 그렇게 헤어져야만 하다니 참으로 슬픈 일이네요. 헤어져도 좋으니까 마지막이라는 생각으로 3일 동안만이라도 최고의 이상적인 모습을 보여주지 않겠습니까.

오랫동안 함께 살아온 사람이니까 남편이 무얼 좋아하는지는 제일 잘 알고 있을 터, 마음을 담아 남편이 좋아하는 것을 만드세요. 어쨌든 3일만이라도 좋으니까 최고의 모습을 보여주고 헤어지는 겁니다."

부인이 "3일로 괜찮을까요?"라고 물어서, "3일이면 충분해요"라고 답했고 부인은 "그렇다면 해보겠습니다"라며 돌아갔습니다. 그녀는 분명히 제가 말한 대로 했을 겁니다. 이튿날 일찍 남편이 전화를 걸어왔습니다.

"단 3일(니소도에서의 참선회) 만에 아내를 저렇게 바꾼 선생님을 뵙고 싶습니다."

그 후로 부부가 서로 힘을 합쳐 참선문법의 말년을 보내게 되었습니다.

내가 바뀌면 세계가 바뀝니다. 상대방이 바뀌길 기대하지 말고, 오로지 자신이 어디까지 바뀔 수 있는가만을 스스로에게 묻는 것입니다. 단 한 번의 인생입니다. 귀신이 아닌, 부처님이 나오도록 기원하면서 살아가기를 바랍니다.

내가 바뀌면 세계가 바뀐다.

단 한 번의 인생입니다.
혼신의 노력으로 귀신이 아닌,
부처님이 나오도록 살아가야 합니다.

잘 산다는 것은
'지금은 좋지 않다'는 것을
깨닫는 것이다

앞에서 소개한 사형수에게 보낸 두 번째 답장은 '인생의 목적
은 오래 사는 것이 아니라 잘 살아가는 것이다'입니다. '오래'
가 아닌 '잘' 살아가는 것이 뭔지 생각해봅시다.

비록 사람이 백년을 살더라도
나약하고 게으르게 사는 것은

굳세게 정진하고 노력하며

하루를 사는 것만 못하느니라.

-《법구경》

    평균 수명이 해마다 올라가고 '후기고령자'(고령 노인의 2단계 구분은 65세 이상을 고령자로 했을 경우 65세에서 74세까지를 전기고령자라 하고 75세 이상을 후기고령자라고 칭한다-옮긴이)라는 호칭에 대한 가부가 화제를 장식하고 있는 오늘, '헛되게 백년을 살아가는 것보다 하루를 소중히 살라'는 석가모니의 말씀과 다음의 도겐 선사의 말씀에 귀를 기울이길 바랍니다.

    헛되이 백년을 살아가는 것은 한탄스러운 세월이며, 슬퍼해야 할 흔적이 된다. 설령 백년의 세월을 아름다운 노예로 치달린다고 해도 그 안에서 하루의 행지行持(게으름 없이 항상 불도를 수행하는 것-옮긴이)를 행한다면 일생의 백년을 얻는 것뿐만 아니라 백년의 쓸쓸한 생도 구원받는 것이니라.

  '아름다운 노예가 치달린다'는 것은 안이비설신의眼耳鼻舌身

意(심신을 작용하는 여섯 가지 감각기관-옮긴이)의 색성향미촉법色聲

香味觸法(안이비설신의의 여섯 가지 뿌리가 되는 여섯 가지 경계-옮긴이)

으로 보고 싶고, 듣고 싶고, 먹고 싶고, 갖고 싶은 애석한 욕망이

주인공의 자리에 앉고, 그 욕망을 만족시키기 위해 내가 욕망의

노예가 되어 일생을 허무하게 소비해버린다는 뜻입니다.

  그러한 세월을 백년 살아가는 것보다도, 내가 주인공이 되

어 욕망을 마땅히 가야 할 방향으로, 추구해야 할 방향으로,

또는 적어도 세상과 인간에게 도움이 되는 방향으로 고삐를

쥐고, 단 하루라도 그 길을 따라 올바르게 살아가는 삶이 더욱

더 귀하다는 것입니다.

  설령 천생만겁千生萬劫의 생사를 반복한다고 해도, 중생의

마음을 우선시한 윤회의 인생이라면 영겁 해탈의 미래는 없

습니다. 단 하루라도 참스승에게 제대로 된 가르침을 받고 진

실의 생명에 눈떠서 방향을 바꿀 수 있다면, 현세나 후세나 진정한 행복이라 할 수 있습니다. 그것을 '백년의 쓸쓸한 생도 구원받는 것이니라'라고 말씀하신 것입니다.

> 얼마나 살아왔나보다 어떻게 살아왔는가를
> 스스로에게 물으라고 스승님은 말씀하시네.
>
> — 슌도

세 번째의 '잘 살아간다는 것은 지금은 좋지 않다고 깨닫는 것이다'에 대해 생각해봅시다.

'잘 살아간다'고 바라는 것과 '잘 살았다'고 생각하는 것은 다릅니다. '잘 살고 싶다'라는 서원誓願(세운 소원을 이루고자 맹세하는 일-옮긴이)을 계속 지니고 있어야 합니다. 그러나 '잘 살고 있다'라고 생각한다면 그건 자만심 이외에 아무것도 아닙니다.

어떻게 하면 참된 길에 들어설까

모든 것을 철저히 다 버리고 청빈하게 살아간 료칸良寬(에도 시대 후기의 승려이자 시인-옮긴이) 스님이 노래한 시가 있습니다. 사와키 고도 노사는 '제정신일수록 자신의 허술한 모습을 잘 알 수 있느니'라고 이야기했습니다. '좋지 않은 자신', '길에 들어서지 못하는 나', '허술한 자신'은 자신의 눈으로는 보이지 않습니다. 가르침의 빛으로 비추지 않으면 보이지 않고, 깨닫지도 못하는 것입니다.

도자기와 / 도자기가

부딪치게 되면 / 바로 깨져버리지요.

어느 쪽이 / 유연하다면 / 괜찮습니다.

유연한 마음을 / 가집시다.

저는 신혼부부에게 이 아이다 미쓰오相田みつを 씨의 시를

자주 들려줍니다. 그러나 한마디를 더 덧붙이겠습니다. 만약 '내가 유연한 마음이고, 상대방이 도자기다'라고 생각했다면 그것은 내 마음이 도자기라는 증거입니다. '내가 도자기였구나'라는 사실을 깨닫는 마음이 '유연한 마음'입니다. 그러나 그 도자기일 수밖에 없는 나의 마음은 명백한 가르침의 빛을 비추지 않으면 보이지 않고 깨달음도 찾아오지 않습니다.

소나무 그늘의 어두움은 달빛이 되고

이런 글귀가 있습니다. 소나무가 서 있는데 어두운 그림자를 끌어안고 있다면 달이 나와 있다는 증거입니다. 진정한 어둠 속에서는 소나무가 서 있는 것도 소나무가 그림자를 끌어안고 있는 것도 보이지 않습니다. 달빛이 옅으면 그림자도 옅지만, 달빛이 밝으면 밝을수록 그림자는 시커멓게 떠오릅니다.

스스로도 눈치채지 못한 잘못을 깨달았을 때 비춘 빛에 감사해야 합니다. 우리가 잘못을 깨닫는 곳에 다툼은 없습니다.

빛이 비추고 길에 이끌림에 따라 겸손하게, 그리고 끝없이 궤도를 수정하겠다는 마음가짐으로 살아가는 겁니다.

'잘 살아가고 있다'는 자만심은,
'잘 살고 싶다'는 바람.

스스로 깨닫지 못한 자신의 잘못을 알게 되면
새로운 삶이 시작됩니다.

한쪽이 물이라면
부딪치는 일은 없다

바위도 있고 / 나무의 뿌리도 있으니

졸졸하고 / 그저 졸졸하고 / 물이 흐르는구나.

이것은 교육자이며 염불을 하며 살아온 가이 와리코甲斐和
里子 씨의 시입니다.

저는 물처럼, 공기처럼 있는 듯 없는 듯이 살아가고 싶다고

늘 바라지만, 그런 바람과는 아득히 먼 자신을 타이르는 느낌
으로, 수행승들에게 종종 이야기합니다.

"수행의 안목은 '무아'가 되는 것입니다. 도겐 선사는 '좌선
바닥을 깨부술 정도로 앉아도 우리가 앉아서는 아니 되느니'
라고 말씀하셨습니다.

물과 얼음에 비유해봅시다. 물과 얼음은 원래 하나이지만,
물일 때는 충분히 들어갔던 그릇이 얼면서 넘치고, 억지로 채
우려고 하면 균열이 생깁니다. 물이라면 어떠한 그릇에도, 또
어떤 작은 틈에도 들어갈 수 있고, 균열은커녕 오히려 자신을
더럽히면서 상대방을 깨끗하게 해줄 겁니다.

얼음이라면 자신의 마음만이 아니라 사람의 마음도 얼리
고, 꽃도 물고기도 얼려버립니다. 물이라면 그 안에서 물고기
가 사는 집으로 생명의 노래를 부를 수 있고, 사람도 수영을
하고 배도 달릴 수 있습니다.

부처의 가르침이라는 빛에 비추어 자비라는 온기에 안김으
로써 '나'의 얼음을 물에 녹이는 수행이 수행의 안목이라고 생

각하시길 바랍니다.

불완전한 인간이기에 부딪치는 일도 있겠지요. 부딪쳤을
때 우리는 대체로 상대방이 나쁘다며 비난하고 싶어집니다.
그러나 생각해보십시오. 어느 쪽이 물이었다면 부딪치는 일은
생기지 않습니다. 부딪치는 것은 양쪽 모두 얼음이라는 증거
입니다. 오히려 그 덕분에 '나도 얼음이었구나'라고 깨닫게 되
면 상대방의 얼음이 부처님이었음을 마주하게 됩니다.

싫은 사람이나 싫은 일을 만났을 때야말로 내 안에 '나'라
는 얼음을 응시할 기회, 얼음을 녹이는 수행의 기회라는 사실
을 받아들입시다."

물과 함께, 아니 물보다 더 철저한 모습의 이상향이 공기입
니다.

물이 맛과 냄새가 없기 때문에 아무리 마셔도 물리지 않는
것처럼, 공기도 냄새나 형태가 없습니다. 1초라도 없으면 살
아갈 수 없을 만큼 소중한 것인데도, 누구나가 호흡하고 있음
을 깨닫지 못하고, 깨닫지 못하고 있기 때문에 감사하다고 생

각하지 않습니다. 그 존재조차 의식하지 못하고 있기에 아무리 마셔대도 피곤하지 않습니다.

한 번 숨 쉴 때마다 '아아, 공기 님 덕분에 이렇게 살 수 있구나'라고 공기의 존재를 의식해서야 금세 피곤해집니다. 자신의 모습을 완전히 없애고, 의식하지 않는 모습으로 존재하는 것이 가장 중요합니다. 이런 마음가짐이 최고의 마음가짐이라고 할 수 있습니다.

가장 중요한 것이면서 그 존재를 완전히 느끼게 하지 않는, 자기주장 없이 즉 무아가 되는 모습의 대단함…… 사람의 궁극적인 이상향을 물이나 공기의 모습으로 대하는 것입니다.

가장 중요함에도
누구나 의식하지 않는 삶.

'나'라는 얼음을 녹이고,
물처럼 유연하게 흐르듯이 살아보지 않겠습니까.

제3장

과거도 미래도 현재의 삶에 달려 있다

전후 상황을 재단해서 지금 현재를 살아가고, 지금 여기가 내 마음에 드는지 여부와 상관없이 그곳을 정념(正念)하는 곳으로 삼아 마음가짐을 바르게 합니다.

일이 풀리지 않을 때는
나의 마음을 돌아본다

어느 여름날, 가나자와 근교에 있는 맛토의 혼세이지本誓寺를 찾았습니다. 혼세이지는 정토진종의 절로, 천년의 역사를 지닌 오래된 사찰입니다.

일본 불교의 행보를 살펴보면 여명기는 나라 시대로 약 1,500년 전입니다. 호류지法隆寺, 도다이지東大寺, 야쿠시지藥師寺 등의 법상종法相宗, 화엄종華嚴宗 등이 그것입니다. 다음은 덴교伝教 대사와 고보弘法 대사가 활약한 헤이안 시대로부터 약 1,000년. 히에이잔比叡山, 고야산高野山을 본산으로 하는 천태종天台宗, 진언종眞言宗이지요. 이후의 가마쿠라 시대는 신란 성인, 니치렌日蓮 대사, 도겐 선사에 의한 정토, 일련, 선삼파禪三派로 800년 전후입니다. 신란 성인은 호넨法然 대사의 제자로 800년 전후의 가마쿠라 불교였을 겁니다. 천년의 역사를 갖는다는 것은 본래 천태종이나 진언종이었다는 증거입니다.

저는 물었습니다.

"이 절은 본래 천태종이나 진언종이었습니까?"

주지인 마쓰모토 가지마루松本梶丸 스님이 대답했습니다.

"원래는 히에이잔 말의 천태종 명찰名刹이었는데, 신란 성인이 에치고 지방으로 떠밀려가던 도중 데도리가와가 범람하여 발이 묶이면서 잠시 이 절에 머물게 되었습니다. 그 신란 성인의 인품에 반해 천태종에서 정토진종으로 개종했다고 전해지고 있습니다."

저는 깊은 감동을 받으며 이 이야기를 들었습니다. 일반적으로 유배당한 사람은 환영하고 싶지 않은 손님입니다. 또한 유배지도 그리 좋은 곳은 아니었을 터. 하지만 신란 성인에게 그런 것은 아무래도 좋았을 겁니다. 그분이 가는 곳, 발이 닿는 곳이 낙원이 되고, 정토가 됩니다. 그러한 사실을 깨달을 수 있었습니다.

> 당신이 그곳에 / 그저 있는 것만으로
> 그곳의 공기가 / 밝아진다.
> 당신이 그곳에 / 그저 있는 것만으로
> 모두의 마음이 / 평온해진다.
> 그런 / 당신처럼 되고 싶다.

아이다 미쓰오 씨의 시입니다. 그분이 함께 있어주는 것만으로, 그분의 모습을 봤다는 것만으로, 그곳의 공기가 밝아지거나 따뜻해지는 것처럼 그 자리에 함께 있던 사람들의 마음

을 평온하게 하는 사람이 있습니다. 신란 성인은 그러한 분이
었을 겁니다.

반대로 누군가 방에 들어왔을 뿐인데 방 안의 공기가 어두
워집니다. 그 사람의 목소리를 듣거나 얼굴을 봤을 뿐인데 짜
증이 납니다. 그런 사람도 있는 것입니다. 생각건대 지옥과 천
국은 저편에 있는 것이 아니라 나의 마음 하나, 삶의 하나로
열리는 세계라는 걸 깨닫습니다.

마을이건 숲이건

계곡이건 언덕이건

성자들이 머무는 곳은

모두 다 낙원이 된다.

－《법구경》

석가모니는 이렇게 말씀하셨습니다.

가는 곳마다 잘되지 않는 것은 원인이 다른 데 있는 것이

아니라 나 자신의 마음가짐과 삶에 있다는 것을 깨달아야만

하는 것입니다.

가는 곳마다 일이 잘 풀리지 않는다면
자신의 탓.

함께 있는 것만으로 그 자리가 밝아지는 사람과
어두워지는 사람이 있습니다.

과거도 미래도
지금 이 순간이 결정한다

천년의 역사를 지닌 맛토의 혼세이지에는 많은 보물이 전해지
고 있는데, 그 보물들이 7월 초 일반 대중에게 공개됩니다. 그
보물을 배관拜觀하면서 며칠에 걸친 문법회聞法會가 열리는데
저도 몇 차례 함께하게 되었습니다. 그때 만났던 보물 중에 이
시다 유테이石田幽汀라는 사람이 그린 유령 그림이 있었습니다.

일본의 유령은 대개 눈에 한을 품은 젊은 여성입니다. 그

그림도 머리를 마구 흐트린 젊은 여성의 모습이었습니다. 마쓰모토 가지마루 주지스님이 그 그림을 앞에 두고 "유령에는 세 가지 특징이 있지요"라며 이야기를 해주었습니다.

첫 번째는 헝클어진 머리를 뒤로 길게 늘어뜨리고, 두 번째는 양손을 앞으로 모으고 있으며 세 번째는 다리가 없는데, 이에는 각각 의미가 있다고 합니다.

헝클어진 머리를 뒤로 길게 늘어뜨린다는 것은 이미 끝나서 어떻게 할 수 없는 지난 과오에 계속 얽매인다는 뜻입니다. 반성한다는 것과 마음의 짐으로 얽매인다는 것은 다릅니다. 반성은 해야 하지만 이제 와서 어떻게 할 수 없는 일에 계속 얽매여서 지나간 일에 사로잡혀 있는 모습을 뒷머리를 길게 늘어뜨리는 형태로 표현하고 있습니다.

두 번째의 양손을 앞으로 모은다는 것은 무슨 일이 벌어질지 알 수 없는 미래를 미리 걱정해서 이렇게 되면 어떡하지, 저렇게 되면 어떡하지 하면서 앞으로 기우는 모습을 표현한 것입니다.

세 번째의 다리가 없다는 것은 무엇일까요. 살아간다는 것은 지금 이 순간을 산다는 것입니다. 다시 말해 '지금'이라고 말한 순간도 잠시 뒤면 이미 지나간 과거가 되어버립니다. 그걸 인식조차 못한 지금 이 순간에도 생명은 존재합니다. 그 한 순간에 마음이 과거와 미래로 날아가버리거나, 아니면 지금 이곳에 머물면서도 마음은 이 사람, 저 사람이 있는 곳으로 가거나, 또는 도쿄나 나고야로 날아가버리는, 지금 이곳을 한없이 계속 잡으려는 듯한 모습을 다리가 없는 형태로 표현한 것이라고 할 수 있습니다.

역시 귀신은 바로 나 자신임을 깨닫게 됩니다. 우리가 살아가는 모습을 되돌아보세요. 과거가 마이너스였다고 언제까지나 마음의 짐으로 여겨 얽매인다면 지금 일어설 수 없습니다. 반대로 지금보다 과거가 화려했다면 과거의 영광으로 지금을 장식하려고 합니다. 또 미래를 열고 닫는 것은 지금 현재의 삶에 달려 있는데도 미래만 생각하며 일희일비해버리면 현재의 기반이 흔들려버립니다.

마음에 들면 쫓아가고 그렇지 않으면 도망치고, 생각대로 풀리면 기고만장하고 그렇지 않으면 침울해하고, 또는 도움을 청하며 발을 동동거립니다. 마음가짐이 늘 무너져 있는 것입니다.

전후 상황을 재단해서 지금 현재를 살아가고, 지금 여기가 내 마음에 드는지 여부와 상관없이 그곳을 정념正念하는 곳으로 삼아 마음가짐을 바르게 합니다.

과거를 살리는 것도 죽이는 것도, 미래를 여는 것도 닫는 것도, 지금 현재의 삶에 달려 있음을 잊지 않고 살아가기를 바랍니다.

과거에 얽매여
미래에 중심을 두고 있지는 않은가?

마음에 들지 않는 곳으로부터 도망치거나,
생각대로 되지 않는 것에 침울해하지 말고
지금 이곳을 정념하는 곳으로 받아들입시다.

어둠에서 빛으로
인생을 전환한다

교토역에서 택시를 탔는데 기사분이 "스님, 제가 말씀을 좀 드리고 싶은데 괜찮으시겠습니까?"라고 말을 걸어왔습니다. 그래서 저는 "그럼요"라고 대답했습니다.

"저는 고등학교 3학년 때 부모님을 한꺼번에 여의었습니다. 마을 모임이 있어서 복어를 드시러 갔는데 그 독이 잘못되어 그날 저녁에 돌아가셨습니다. 여느 때라면 어머니가 일찍 일어나서 도시락을 만들고 계셨을 텐데 아무리 시간이 지나도 소리 하나 나지 않아 '이상하네?' 하고 생각하며 부모님 방의 문을 열었습니다. 그런데 두 분 모두 몹시 고통스러워한 끝에 숨이 멎어 있는 상태였습니다.

저는 너무 놀라 전화기로 달려갔고, 친척분이 달려와 장례를 치러주었습니다. 빚은 없었지만, 돈이 한 푼도 없는 상태였습니다. 제 아래로는 다섯 살 여동생이 있었는데, 아버지가 참전을 하셨던 탓에 여동생과 꽤 나이 차이가 납니다. 고등학교 3학년인 저와 다섯 살 여동생은 집세 낼 돈이 없어서 결국 그 집에서 쫓겨났습니다. 저는 여동생과 최소한의 짐을 챙겨서 방 하나 딸린 세 평짜리 싼 집을 빌려 들어갔습니다.

부모님을 대신해 여동생을 키워야 한다는 생각에 열심히 일했지요. 아침에는 신문배달, 낮에는 사무실 근무, 밤에는 아르바이트를 하며 미친 듯이 일했는데, 스물두 살쯤 되자 싼 아파트를 살 정도로 돈이 모이더군요.

그사이 저는 일에만 몰두하느라 빨래도 요리도 청소도 아무엇도 하지 않았습니다. 다섯 살 여동생이 집안일을 전부 하게 된 거지요. 여동생에게 공부할 책상 하나는 사주고 싶었지만 세 평짜리 방 하나에 식탁과 책상 두 개를 두면 잘 곳이 없어지니 여동생에게는 미안했지만 식탁을 책상과 겸해서 쓰라고 했습니다. 좁은 집에서 자란 탓인지 동생은 정리의 달인이 되었고, 지금은 넓은 집에 살지만 깨끗하게 정돈하며 살고 있습니다.

만약 부모님이 살아계셨다면 저 같은 놈은 지금쯤 폭주족이나 불량배같이 변변찮은 인간밖에 못 되었을 거라는 생각이 들더군요. 만약 돌아가셨을 때 돈을 남겨주셨다면 지금의 저는 없고, 또 동생이 없었다면 외로워서 엇나갔을 겁니다. 부모님도 안 계시고, 돈도 없는데 어린 여동생이 있었습니다. 열심히 살 수밖에 없었지요. 저를 진지하게 만들어주고, 한 사람의 어른으로 만들어주고, 남자로 만들어준 것은 부모님이 돌아가신 덕, 돈을 남겨주시지 않았던 덕, 집주인이 내쫓아준 덕, 어린 동생이 있었던 덕이라고 생각해 매일 부모님의 위패에 감사의 선향線香을 올립니다. 모든 것이 저를 한 사람의 어른으로 만들기 위한 배려라고 생각하기에 감사하고 있습니다.

다만 동생이 좋은 인연을 만나 웨딩드레스를 입었을 때는 눈물이 나더군요. 부모님께 보여드리고 싶더라고요. 그래서 저는 소원이 딱 한 가지 있습니다. 여동생은 아이가 다 자랄 때까지 곁에 있어주었으면 하는 것입니다."

불과 30분 정도의 이야기였지만 어떤 훌륭한 분들에게서 들은 것보다 대단한 이야기를 들을 수 있어서 진심으로 "고맙습니다"라고 말하고 택시에서 내렸습니다.

석가모니는 이 세상에는 네 종류의 사람이 있다고 말씀하셨습니다. "어둠에서 어둠으로 가는 사람, 어둠에서 빛으로 가는 사람, 빛에서 어둠으로 가는 사람, 빛에서 빛으로 가는 사람"이라고. 인생의 행복과 불행을 빛과 어둠이라는 말로 표현할 수 있겠지요. 기사님의 예는 일반적으로 어둠이라고밖에 볼 수 없는 것을, 부모님이 돌아가신 덕, 돈을 남겨주시지 않은 덕, 집주인이 내쫓아준 덕, 어린 동생이 있었던 덕에 열심히 살아갈 수 있었고 한 사람의 어른이 될 수 있었다고 전부 '행복'으로 받아들여 빛으로 전환한 좋은 예라고 할 수 있습니다.

유식학의 권위자인 오타 규키 선생님은 이 네 종류 사람의 이야기에서 두 가지 가르침을 배울 수 있다고 말했습니다. 하나는 '인생은 바꿀 수 있다'라는 것입니다. 어둠에서 빛으로 바꾸는 건 괜찮지만, 빛에서 어둠으로 바꾸고 싶지는 않습니다.

두 번째는 '바꾸어가는 주인공은 나이고, 내가 지금 현재를 어떻게 살아가는가에 달렸다'라는 것입니다. 부모와 자식, 형제, 부부처럼 어딘가에 안식처는 있겠지만 그 누구도 내 인생을 대신해주지 않습니다. 나의 인생을 어떻게 만들어가고 바꾸는가의 주인공은 나 외에는 불가능하니까요. 성심을 다해 나의 인생을 빛으로 바꾸어가고 싶습니다.

내 인생의 주인공은 나.

괴로운 일이 생겨도,
그 일을 계기로 빛의 세계로 내디딜 수 있습니다.

사랑의 말이
세계를 바꾼다

"저는 쓰레기였습니다."

택시가 출발함과 동시에 기사님이 말을 걸어왔습니다.

"번 돈은 모두 마작으로 날려버리고, 집에는 한 푼도 가져다주지 않았지요. 아내는 불평 한마디 하지 않고 '당신이 번 돈이니 자유롭게 쓰도록 하세요'라고 말했습니다. 아이도 아내가 열심히 일해서 훌륭하게 키워냈고요. 저는 어디를 갈 때도 '떨어져서 따라와'라고 말하는 끔찍한 남편이었습니다. 내가 번 돈만으로는 부족해서 아내에게 돈을 빌려오라고 할 정도였지요. 그날도 아내에게 '돈을 빌려와'라고 말했습니다. 아내가 '여보, 일단 차를 드시는 게 어때요'라고 말하며 파인애플 통조림을 가져오더군요. '돈을 가져오라는데 뭔 놈의 차야'라고 생각했습니다.

아내가 건네준 통조림을 들여다봤더니 안에는 100엔짜리와 500엔짜리 동전이 가득 들어 있었습니다. '여보, 제가 지금까지 조금씩 모아놨던 거예요, 지금은 이것밖에 없지만 괜찮다면 이거라도 쓰세요'라더군요. 저는 머리를 세게 얻어맞은 것 같았습니다. '정말 미안해!' 하고 진심으로 사죄했습니다.

그날 이후 제 인생관은 180도 바뀌었습니다. 부족하나마 속죄하는 마음으로 한 달에 한 번, 아내와 아내의 친구들을 차에 태워 아내가 좋아하는 온천 여행을 하고 있습니다."

나는 절실히 도겐 선사의 '사랑의 말이 회천廻天의 힘이 있음을 배워야 하느니라'는 말씀의 사례를 눈앞에 마주했다는 생각에 택시기사에게 감사를 표하고 내렸습니다.

'회천의 힘'이라는 것은 천자의 마음마저 돌릴 수 있는 힘이라는 뜻입니다. '윤언여한綸言如汗(임금의 말은 취소할 수 없다–옮긴이)'이라고 해서 천자가 한번 좋다고 한 것은 설령 길이 아니라고 해도 '지당'하다며 고수해야만 합니다. 이미 흘린 땀을 되돌릴 수 없는 것처럼요. 그런데 그런 천자의 마음조차도 돌릴 수 있는 힘을 사랑의 말이 갖고 있습니다.

중국 당나라의 명군이라 칭송받는 태종에게 이러한 이야기가 전해지고 있습니다. 어느 날 태종이 낙양궁을 수복하라는 명을 내렸습니다. 황제가 어떤 사업을 벌이면 많은 민중이 동원됩니다. 마침 그 시기가 농사일로 한창 바쁜 시기였습니다. 만약 당장 동원이 된다면 농민은 농사일을 놓아야 하는 상황에 처합니다. 황제라도 민중을 곤란하게 해서는 안 되지요. 그래서 간의諫議라는 황제의 직언자인 장현소가 "지금은 그럴 때가 아닙니다"라고 진심을 담아 아뢰었습니다. 태종은 이 충언을 옳다고 받아들여 궁전의 수복을 중지했습니다. 이에 공신인 위징이 "공사를 논하는 데 역천의 힘이 있으십니다"라고 찬탄의 말을 아끼지 않았다고 합니다.

도겐 선사는 위징의 이 말과 함께 "현명한 군주가 아니라면 충언을 받아들이지 않는다"는 한마디를 덧붙였습니다. 특히 후배나 동생, 아이에게 잘못을 지적받으면 선배나 스승, 부모로서 면이 서지 않는다는 생각에 솔직히 받아들이지 못합니다. 중요한 것은 그것이 합리적인가 하는 것이고, 합리적이라면 상대방이 누구라도 그 의견에 따라야 합니다. 그것이 올바른 모습이겠지요. 그럴 수 있다면 현명한 군주일 것입니다.

예전에 인도에서 마더 테레사를 만났을 때의 이야기로 사랑의 말이 떠오릅니다. 그때 마더 테레사는 수녀들이 노숙자들에게 빵과 수프를 건넬 때 세 가지를 당부했다고 합니다.

"여러분들은 만나는 한 분 한 분께 미소를 보여야 합니다. 손을 잡고 온기를 전달했나요? 짧은 말이라도 건네는 걸 잊지는 않았겠지요?"

자비의 눈과 얼굴로 미소를 짓습니다. 불교에서는 이것을 자안시慈眼施, 화안시和顔施라고 합니다. 손을 살짝 잡고 온기를 전합니다. 마음의 온기를 피부를 통해 전하는 것을 심려시心慮施라고 하지요. 사랑의 말을 건네는 건 한마디로 애어시愛語施입니다.

그들은 모두 깊은 사랑의 마음, 자비의 마음을 표현함으로써 사람들의 마음을 평안히 하고, 또는 쇠약한 마음을 일으켜 세웁니다. 또 180도 방향을 바꾸는 힘을 갖고 있는 것입니다. 진심으로 사랑의 말을, 사랑의 마음을 전달하는 이가 되도록 늘 노력하시길 바랍니다.

합리적인 것이라면
상대방이 누구라도 따른다.

깊은 사랑의 마음에서 나온 말은
사람들을 평안히 하고,
마음을 돌릴 수 있는 힘을 갖고 있습니다.

제4장

좋은 스승을 택하고 길벗과 함께 간다

아무리 훌륭한 자재라도 안목과 실력이 없는 목수와 만났다면 못쓰게 되고, 불량 자재여도 안목 있는 실력자 목수라면 쓸모없는 나무를 훌륭히 살려낼 겁니다. 그래서 인생의 바른 스승을 만나지 못한다면 오히려 배우지 않는 것이 좋다고까지 말씀하신 것입니다.

올바른 스승과 만날 수 없다면
배우지 않는 게 낫다

참선회가 끝나고 한 청년이 남았습니다.

"고독한 학문의 쓸쓸함을 견디지 못하고 A씨를 참스승으로 오인하여 입신해버렸습니다. 그 사람의 기이함을 깨닫고 빨리 빠져나오긴 했지만, 보는 눈이 없었던 제 잘못입니다. 저는 지금 종교적 무지 속에 들어가버린 잘못을 정정하는 데 필사적입니다. 그러니 가르쳐주십시오!"

대학에서 우주물리학을 전공하고 있다는 우수한 청년의 피를 토하는 듯한 외침이었습니다. 밤 10시가 지나고(강의가 밤 10시까지였습니다) 이슥해져가는 밤의 침묵 속에서, 필사적인 청년의 눈빛을 바라보며 저는 이야기했습니다.

"도겐 선사가 불교를 배우는 초심자를 위해 주의할 점을 정리한 책 《가쿠도요진슈学道用心集》에 나오는 말씀 중에 '참스승을 얻지 못한다면 배우지 않는 것이 나을지니'라는 것이 있습니다. 인생의 바른 스승을 얻을 수 없다면 오히려 배우지 않는 것이 좋다며, 스승과 제자의 관계를 목수와 목재로 비유해 나타낸 것입니다. 아무리 훌륭한 자재라도 안목과 실력이 없는 목수와 만났다면 못쓰게 되고, 불량 자재여도 안목 있는 실력자 목수라면 쓸모없는 나무를 훌륭히 살려낼 겁니다. 그래서 인생의 바른 스승을 만나지 못한다면 오히려 배우지 않는 것이 좋다고까지 말씀하신 것입니다.

억새풀을 잘못 잡으면

손이 베이는 것처럼

잘못된 행자의 길은

사람을 파멸에 빠뜨린다.

－《법구경》

석가모니의 말씀입니다. 저는 청년 시절 고사리나 버섯을 따러 산에 자주 갔습니다. 한번은 발이 미끄러져 넘어지면서 실수로 억새를 붙잡았는데 손을 다쳤던 기억이 납니다. 인생의 여정도 마찬가지입니다. 만약 붙잡은 가르침이 잘못되어 있다면 일생이 엉망이 되어버립니다.

그런데 문제는 참스승을 선택하는 일이 안목 없는 배우는 자에게 달려 4있다는 것입니다. '유비무환'이라는 말이 있습니다만, 평소부터 '진짜 종교란 무엇인가', '바른 믿음이란 무엇인가'를 열심히 공부해두어야만 합니다."

《구사론俱舍論》에 "진실한 믿음은 마음을 맑게 한다"는 말이 있습니다. 하찮은 것이라도 믿음에 따라 달라진다는 뜻입니다. 확실히 '병은 마음에서' 생기는 면이 있고, 그 걱정하는 마음을 이런 종류의 믿음으로 다시 일어나게 할 수도 있습니다. 그러나 냉엄한 지혜의 뒷받침이 없는 맹신은 방황을 깊어지게 할 뿐 문제가 해결되지 않습니다.

진실한 믿음은 있는 그대로 보는 것입니다. 지나치게 빠지지 않고 진정하는 거지요. 그 가르침과 그 종교에 빠지라는 것이 아니라 철저하게 진실과 거짓을, 옳고 그름을 분간하고 가린 끝에 틀림없이 그곳에 안착한다는 정갈함입니다. 냉엄한 지혜가 뒷받침된 믿음을 잊어서는 안 됩니다.

무엇이 진실이고 옳은가, 입장이 바뀌면 옳고 그름이 바뀐다는 것은 참 진실이 아닙니다. 설령 그것이 신의 이름 아래 부르짖는다 해도 말이지요. 시간과 장소를 초월하여 변하지 않는 것이야말로 참 진실임을 잊지 말아야 할 것입니다.

실력 있는 목수는
불량 목재라도 능히 살린다.

인생의 여정에서 넘어지게 되었을 때,
붙잡은 가르침이 잘못되어 있다면
일생은 엉망이 되어버립니다.

자신을 사랑하는 것처럼
상대방을 사랑한다

석가모니가 살아계실 무렵, 코살라국의 왕은 파사닉이었고, 왕비는 마리 부인으로 두 사람 모두 석가모니에 깊이 귀의하고 있었습니다. 어느 날 왕은 자신의 마음속을 깊이깊이 들여다보면서 왕비에게 이야기했습니다.

"왕비여, 이 세상에 자신보다 사랑한다고 생각하는 것이 있는가?"

"왕이여, 저에게는 이 세상에 저보다 사랑한다고 생각되는 것은 없사옵니다."

"그런가. 왕비여, 나 또한 그렇게 생각한다오."

일반적이라면 '나보다 당신을 사랑한다', '나보다 내 아이를 사랑한다'라고 할 테지요. 그러나 괴로운 일을 당하게 되면 사람은 우선 자신을 지키려고 합니다. 의식이 닿지 않는 곳에서도 사람들은 언제나 자신을 사랑하고 집착합니다. 그러한 본능이라고도 할 수 있는 아집, 아애我愛를 깨닫는다는 것은 왕 부부가 석가모니의 가르침에 얼마나 깊이 귀 기울이고 있고, 그 빛 아래에 있는지를 나타내는 방증이라고 할 수 있습니다.

그러나 자비를 설파하는 석가모니의 의도와 어긋나는 듯해, 두 사람은 기원정사(옛날 인도의 수달 장자가 석가모니와 그 제자들이 수도할 수 있도록 세운 절-옮긴이)를 찾아 석가모니에게 그 사실을 이야기했습니다. 두 사람의 이야기에 귀를 기울이던 석가모니는 다음과 같은 말로 대답했습니다.

사람은 어디에나 갈 수 있다.

그러나 어디를 향하든

자신보다 사랑하는 걸 찾아내기 힘드나니.

그와 마찬가지로

다른 사람들 또한 자신은 더할 나위 없이 사랑하고.

그러기에 자신을 참으로 사랑하는 자는

함부로 다른 이를 해하여서는 아니 되느니라.

-《상응부경전相応部経典》

　　우선 석가모니는 '사람은 어디를 가든 자신보다 사랑하는 걸 찾아내기 힘드나니'라고 우리가 지닌 본능이라고도 할 수 있는 자신을 아끼는 마음을 솔직하게 마주하라고 말씀하셨습니다. 이것이 기본이라고요. 우리는 언제 어떠한 경우에도 자신을 깊이 사랑합니다. 무엇을 할 때도, 어떤 것을 생각할 때도 눈치챌 수 없을 만큼의 깊이로 자신의 상황이 어떤지, 자신에게 좋은지 나쁜지를 마음의 중심에 두고 따집니다. 그래서 석가모니는 그러한 적나라한 자신을 제대로 마주하라고 이르셨습니다.

이는 마찬가지로 자신을 아끼는 생각이 채워져 있지 않았을 때의 슬픔, 또는 상처받았을 때의 고통을 속이지 않고 찾으라고 이야기한 것입니다. 이것이 첫 번째 단계입니다.

다음으로 석가모니는 두 번째 단계로 '그와 마찬가지로 다른 사람들 또한 자신은 더할 나위 없이 사랑하고'라고 말씀하셨습니다. 즉 자신을 아끼는, 그 간절한 소원이나 그 마음을 채울 수 없는 슬픔의 수렁에서 180도 방향을 바꿔 자신에게만 향했던 눈을 다른 곳으로 돌리라는 이야기입니다. 내가 이렇게 자신을 아끼는 것처럼 다른 사람 또한 자신을 누구보다 아끼며, 내가 이렇게 타인에게 무시받고 상처받아 슬픈 것처럼 다른 사람 또한 같은 이유로 괴롭고 슬프다는 걸 깨닫고, 다른 사람들의 기쁨이나 슬픔을 나의 것으로 받아들이라고 말씀하셨습니다.

우리가 자신을 아끼는 마음의 수렁에서 180도 바꾸지 못하면, 일이 잘 풀릴 때는 기고만장하고, 잘되지 않으면 견디지 못해 난폭하게 굴거나 앙갚음을 하기도 합니다. 매스컴을 떠들썩하게 하는 사건의 대다수는 이런 종류라고 할 수 있습니다. 이를 석가모니는 불평하는 대신 냉정하게 바라보라고, 그리고 수렁에서 벗어나 눈을 다른 곳으로 돌리라고 이야기합니다.

그리고 마지막으로 세 번째 단계 '그러기에 자신을 참으로 사랑하는 자는 함부로 다른 이를 해하여서는 아니 되느니라'라고 끝맺습니다. 극도의 아애에서 180도 방향 전환을 해서 자신을 사랑하는 것처럼 다른 이를 사랑하고, 자신이 상처받고 싶지 않은 것처럼 다른 이를 상처 주지 않도록 바꾸는 것입니다.

불교가 탄생하고 2,500년의 역사가 흐르는 동안 그 속에서 피는 흐르지 않았습니다. 그것은 '불해不害'의 역사이고, '자비'의 역사이기 때문입니다. 게다가 그 '자비'가 그저 아름답기만 한 것이 아니라, 우리가 가진 치열한 본능이라고도 할 수 있는

이기와 아애가 그 수렁에서 돌아섬으로써 확고해지는 것임을
마음에 새겨두어야 합니다.

내가 상처받고 싶지 않은 것처럼,
다른 이에게도 상처를 주지 마라.

무시를 받아 상처를 입었다면 마음이 아픕니다.
자신을 사랑하는 것처럼 상대방을 사랑합시다.

신중히 참스승을 택하고
그와 같은 곳을 향해 간다

석가모니의 제자 중 한 사람인 바칼리는 나이가 들고 병이 깊어지면서 여생이 얼마 남지 않았음을 알게 되었습니다. 바칼리는 마지막으로 석가모니의 모습을 뵙고 죽고 싶다는 생각이 간절했습니다. 그 마음을 가엾이 여긴 법우가 석가모니에게 그 이야기를 말씀드리며 부탁했습니다.

석가모니는 흔쾌히 부탁을 들어주며 바칼리가 있는 곳으로 발걸음을 옮겨 병문안을 한 뒤 이렇게 말씀하셨습니다.

"바칼리여, 이 늙고 추레해진 나의 모습을 보아도 어쩔
수가 없구나. 법을 보는 자는 나를 보고, 나를 보는 자는
법을 보느니."

'업상業相(진여의 일념이 일념이 일어나서 생기는 최초의 상태-옮긴이)을
보지 말고 법을 보라'는 것입니다. 석가모니는 어디까지나 '법
을 의지해야지, 사람을 의지해서는 아니 되느니'라고 계속 말
씀하셨습니다.

사와키 고도 노사가 자주 언급한 말씀으로 '강아지 신자도,
고양이 신자도 아니 된다'는 것이 있습니다. 사람을 따르는 걸
강아지 신자라고 하고, 사람보다 화려한 가람伽藍(승려들이 모
여 수행하는 곳-옮긴이)이나 지위를 따르는 걸 고양이 신자라고
합니다. 고양이는 집을 따르기 때문이지요. 허나 그 어느 쪽도
올바른 길은 아닙니다.

도겐 선사는 '참스승이 아니라면 배우지 않는 것이 나을지니'라고 말씀하셨고, 또 한편으로는 '참스승은 사람이 아니라 법이다'라고 말씀하셨습니다. 그래서 그 스승을 더더욱 따르는 제자를 예로 들면, 스승이 '부처는 두꺼비, 지렁이'라고 이야기하면 자신이 지금껏 부처를 대했던 사고방식을 전부 버리고 두꺼비, 지렁이를 부처로 받드는 것입니다. 백을 흑이라고 한다면 그대로 흑이라고 받아들입니다. 자신을 완전히 벗어 던지고 꿰뚫는 것이 중요하다는 이야기입니다.

신란 성인이 호넨 대사를 따르는 마음가짐은 '설령 호넨 대사에게 속아서 염불하여 지옥에 빠졌다고 해도, 더욱 후회하지 말아야 하나이다'입니다. 염불이 극락 또는 지옥으로 가는 수단인지는 아무래도 좋다는 '무조건의 무사無私'의 모습이 그곳에 있습니다.

극락으로 가기 위한 염불도 아니다, 지옥에서 벗어나기 위한 염불도 아니다. '선한 이의 꼬임에 넘어가 염불해서' 지옥으로 떨어져도 후회는 없다. 스승이 말하는 것을 무조건 받아들이고, 수행만 한다는 철저한 믿음. 과감히 믿고 맡기는 겁니다. 이것이 제자가 취해야 할 마음가짐입니다. 그렇다고 인기 가수나 인기 배우를 맹신하는 강아지 신자가 되라는 것이 아니라, 명백히 눈을 뜨고 꿰뚫어 보라는 이야기입니다.

인간은 모두가 불완전합니다. 어떤 사람을 목표로 하여 종착점으로 향한다면 결국 그 사람을 넘어설 수 없습니다. '석가모니나 도겐 선사에게 돌아가라'는 말을 자주 듣지만, 석가모니가 지향한 곳, 도겐 선사가 지향한 곳을 목표로 하지 않으면 '법을 스승으로 하라'는 의지를 거스르게 되지 않을까요. 법을 바르게 받아들이려면 참스승을 골라야만 합니다. '참스승을 골라라', '참스승을 따라라'는 배경의 깊이를 생각하는 것입니다.

눈을 뜨고
과감히 믿고 맡긴다.

참스승을 고를 때는 무조건 받아들이고
같은 높이를 지향하는 것이 제자입니다.

한 사람의 시작이
세상을 바꾼다

"화로 속 차가워진 잿더미에 작은 불씨를 흩뿌려도 불씨는 금세 사라져버립니다. 하지만 자그마한 불이라도 한 곳에 모여 있으면 집을 태울 정도로 커다란 화력을 갖게 됩니다. 이와 똑같이 누구나가 일부의 도심道心은 갖고 있지만, 세상의 거센 파도 속으로 하나하나 흩뿌리면 사라져버립니다. 가능한 한 길벗을 찾고 길벗과 함께함으로써 노약자도 수행의 길을 나아갈 수 있습니다."

이는 젊은 날, 사와키 고도 노사에게서 들었던 말씀입니다. 그리고 그 말씀대로 깊은 자아성찰을 하며 수행해온 지 50여 년. 게으르고 나약했던 제가 이 자리까지 올 수 있었던 것은 한없이 많은 좋은 스승의 인도와, 길벗과 행각승들 덕분이라고 생각하며 매일매일 감사하고 있습니다.

'수행은 여러 사람의 힘에 의한다'라는 말과 '대중의 위신력威神力'이라는 말이 가리키는 것처럼 혼자서는 패배하거나 퇴전退轉(불교를 믿는 마음을 다른 데로 옮겨 본디의 하위(下位)로 전락함-옮긴이)해버리는 일도 뜻이 같은 사람들과 함께라면 보다 수월해지고 자신의 힘을 넘어서 발휘할 수 있습니다.

매월 초에 섭심攝心(자신의 마음을 가다듬어 흩어지지 않게 함-옮긴이)이라는 좌선을 새벽 4시부터 밤 9시까지 열일곱 시간 동안 사흘 내지 닷새에 걸쳐 진행합니다. 혼자서는 하루도 버티기가 어렵지만 사람들 덕분에 내리 앉을 수 있습니다. 바로 '대중의 위신력'입니다.

그러나 시점을 달리하여, 어떤 한 사람으로 인해 장소의 분위기나 환경이 일변한다는 사실도 잊어서는 안 됩니다.

항상 밝고 따뜻한 미소를 짓는 사람이 있다면, 그 가정은 항상 밝고 따뜻하며 즐거운 분위기에 둘러싸여 있을 테고, 그런 환경에서 자란 아이들도 자연스레 밝고 근사하며 바른 아이로 자랄 겁니다. 항상 짜증 내며 불평불만만을 말하는 어두운 사람이 있다면, 그 가정은 언제나 어둡고 다툼이 끊이지 않을 테고요. 그런 환경에서 자란 아이는 안절부절못하고 매사를 비꼬아 받아들이며 어쩐지 어두운 인생을 걷게 되는 것입니다.

도겐 선사는 《정법안장수문기正法眼藏隨聞記》에서 '나라에 현자 한 사람이 나온다면 그 나라가 흥하고, 어리석은 자 한 사람이 나온다면 선현先賢이 떠난 후 쇠퇴하리라'라고 말씀하시며, 한 사람을 소중히 여겼습니다. 저도 자주 이야기합니다. '석가모니 한 사람으로부터 시작된 불교가 아닌가'라고. 한 사람이 진심으로 불을 밝힙니다. 한 사람에서 한 사람으로 불의 고리는 확산되어갈 테지요. 석가모니가 밝히는 불이 2,500년 후의 오늘, 세상을 비추는 광명이 되어 있는 것처럼요.

태양은
날이 밝기를 기다려
떠오르지 않는다.
태양이 뜨기 때문에
날이 밝는 것이다.

교육에 평생을 바친 도이 요시오東井義雄 선생님의 시입니다. '자리가 사람을 만든다'며 자리의 책임에만 전가하지 않고, '내가 환경을 바꿔나간다', '나로부터 시작된다'의 서원誓願을 바탕으로 걷는 소중함을 아울러 생각해야 합니다.

한 사람이 진심으로 불을 밝힌다면
곧 불의 고리로 확산되어간다.

동료가 있기 때문에 계속할 수 있습니다.
하지만 '내가 시작한다'는 마음이 없으면 시작할 수 없습니다.

어떠한 인생도
다시 시작할 수 있다

"기온정사의 종소리에 제행무상諸行無常(우주의 모든 사물은 늘 돌고 변하여 한 모양으로 머물러 있지 않는다는 뜻-옮긴이)의 울림이 있네, 사라쌍수沙羅雙樹(석가가 열반에 들었을 때 그 사방에 두 그루씩 나 있었던 사라수-옮긴이) 꽃의 색은 성자필쇠盛者必衰(융성하는 것은 결국 쇠퇴함-옮긴이)의 이치를 나타낸다."

《헤이케모노가타리平家物語》(헤이케 일문의 영화와 멸망을 그린 가마쿠라 시대 초기의 군담소설-옮긴이) 앞부분에 실린 너무나 유명한 한 구절로, 초겨울의 어느 날 저는 일본인에게 친숙한 기온정사의 유적을 오랜만에 찾았습니다. 그럴싸하게 정비된 광대한 유적에서 보은의 회향回向을 하고, 부근의 앙굴리말라의 탑을 참배했습니다.

석가모니 앞에 엎드려 참회하고 제자를 청한 앙굴리말라의 모습이 환영처럼 눈앞에 펼쳐졌는데, 그 이야기를 부처의 자취를 순례하는 일행에게 들려주었습니다.

앙굴리말라는 우수한 바라문의 청년이었습니다. 스승인 바라문이 천국으로 간 사이 스승의 아내가 젊은 앙굴리말라를 유혹하려고 하자, 착실한 앙굴리말라는 거절했지요. 거절당한 아내는 한을 품고, 돌아온 남편 바라문에게 당신이 자리를 비운 사이 앙굴리말라가 자신을 범했다고 읍소했습니다.

스승인 바라문은 앙굴리말라에게 명했습니다.

"자네의 수행은 거의 완성되었네. 단 하나 남아 있는 것이 있는데, 그것은 백 명의 사람을 죽이고, 그 손가락으로 목걸이를 만드는 것이라네."

앙굴리말라는 고민에 고민을 거듭한 끝에 스승의 명령을 거역할 수 없어서 받아들였습니다. 그는 결국 살인귀가 되어 밤이면 밤마다 길거리에 나가서 사람을 죽이고, 그 손가락으로 목걸이를 만들었습니다. 앙굴리말라가 지만외도指鬘外道라고 불리는 이유입니다.

코살라국의 사람들은 두려워 벌벌 떨었고, 흉족이 나온다는 방향으로는 아무도 가지 않았습니다. 꼭 가야 하는 경우라면 10~20명이 함께 움직였습니다. 그 사실을 전해 들은 석가모니는 어느 날 흉족이 산다는 방향으로 향했습니다. 사람들의 만류도 듣지 않고 걸음을 내디뎠지요.

앙굴리말라는 오랜만에 좋은 먹잇감이라는 생각이 들어 석가모니의 뒤를 미행했지만, 어째서인지 아무리 빨리 걸어도 유유히 걸어가는 석가모니에게 가까이 갈 수 없었습니다. 결국 애타는 마음을 이기지 못한 앙굴리말라는 "사문沙門이여, 발을 멈추시게!"라고 외쳤습니다.

발을 멈추고 되돌아본 석가모니는 조용히 이야기했습니다.

"나는 멈춰 있다네. 앙굴리말라여, 그대도 멈추는 것이 좋겠네."

그 말이 이상한 힘을 갖고 앙굴리말라의 마음을 흔들었습니다. '악을 멈추어라!'라고 울렸던 것입니다. 앙굴리말라는 저도 모르게 그 자리에 엎드렸고, 청하여 석가모니의 제자가 되었습니다.

어떤 이는 몽둥이로 다스리고

또 갈고리나 채찍으로 다스린다.

그러나 부처는 칼도 몽둥이도 없이

우리를 다스리시네.

나중에 털어놓은 앙굴리말라의 가타伽陀(부처의 공덕이나 가르침을 찬탄하는 노래 글귀-옮긴이)입니다.

불제자가 된 앙굴리말라는 이튿날부터 다른 제자들과 탁발에 나섰지만, 사람들은 그를 두려워하며 흙이나 돌을 던졌습니다. 앙굴리말라는 피투성이가 되었고, 법의도 찢어지고 발우도 빈 그릇인 날이 이어졌습니다.

석가는 진지하게 말했습니다.

"앙굴리말라여, 자네는 지금 예전에 저질렀던 악행을 갚고 있는 것임을 받아들이지 않으면 안 되느니라."

다시 가타로 격려했습니다.

지난날 어리석어 악행을 일삼았지만

이제는 선한 일로 덮으니

구름을 헤치고 나타난 달이

온 세상을 밝게 비추는 듯하네.

－《잡아함경》

이 앙굴리말라의 이야기에서 몇 가지 소리가 들려옵니다.

첫 번째는 '지금까지 극악한 짓을 저질렀다고 해도 포기하지 않고 다시 시작할 수 있다'는 소리입니다.

　두 번째는 대체로 우리는 자신의 인생에서도, 다른 사람의 인생에서도, 언제까지나 과거의 잘못에 얽매이기 십상입니다. 과거에 끌려다니지 않고, 원망하지 않으며 어디까지나 '지금 어떤 삶을 살고 있는가'만을 물으라는 것입니다.

　세 번째는 반대로 과거에 아무리 수행을 했어도, 또는 선인이라 일컬어지는 인생을 걸어온 사람이라도 마음의 고삐를 풀어서는 안 된다는 것입니다. 어떻게든 수행이 가능하다고 생각하는 사람이 있어도 악조건이 갖춰졌다면 어떤 악도 저지를 가능성이 있으니 항상 마음을 다잡으라는 뜻이지요. 수행이란, 동시에 살아간다는 것은 항상 현재진행형으로 스스로에게 '지금 어떠한가'라고 묻고 바르게 살아가는 것입니다.

포기하지 마라,
다시 시작할 수 있다.

어떠한 인생도 다시 시작할 수 있습니다.
반대로 뛰어난 인생도,
방심하면 나쁜 길로 빠질 수 있습니다.

제5장

진정한 행복을 깨닫는다

한 송이 제비꽃을 피우기 위해 지구에 태양이 비추고 비가 내리고 바람이 붑니다. 한 송이 제비꽃을 피우기 위해 천지 가득한 움직임이 존재하는 것입니다.

모두 벌거숭이로 태어나
벌거숭이로 죽는다

인생은 '행복을 추구하는 여행'이라고 해도 좋을 일면이 있습니다. 무엇을 행복이라고 할까, 선별하는 눈의 깊이와 높이로 그 사람의 인생이 결정된다고 봐도 좋을 겁니다.

석가모니가 살아계실 때의 이야기입니다. 빈두로 존자와 우전왕은 소꿉친구였습니다. 한쪽은 모든 것을 버리고 출가한 후 석가모니의 제자가 되어 수행한 끝에 빈두로 존자라 불리는 성자가 되었습니다. 한쪽은 몇 개국을 정복해서 세상에 유례없는 대왕이 되었고요.

어느 날, 빈두로 존자가 고향인 구사미를 찾아와 숲속에서 좌선을 하고 있었습니다. 그 소식을 전해 들은 우전왕은 왕으로서 화려하게 의장을 갖추고 많은 신하와 궁녀를 거느린 채 그를 찾아와 이렇게 말했습니다.

"나는 지금 제국을 정복하고, 그 위덕威德을 이룩한 것이 태양과 같다. 머리에는 천관天冠을 쓰고, 몸에는 영락瓔珞을 두르며, 좌우에는 많은 미녀가 시중을 들고 있지. 어떤가, 부럽지 않은가?"

존자는 단 한마디, "나에게는 부러운 마음이 없다"라고 대답했습니다. '조금도 부럽지 않다'는 것입니다. 빈두로 존자와 우전왕의 행복이 크게 다름을 깨달았습니다.

장 자크 루소는《에밀》에서 이렇게 이야기하고 있습니다.

"인간은 누구나 왕이든 귀족이든 부자이든 태어날 때는 벌거숭이로 가난하게 태어나고, 그리고 죽을 때도 벌거숭이로 가난하게 죽도록 운명 지어져 있다. 이 탄생과 죽음 사이 오랜 시간 동안 다양한 옷을 입는다. 여왕처럼 화려한 옷, 걸인의 옷, 승복, 부자, 사장, 미인, 그리고 신념이나 자만심, 열등감도 모두 옷으로 표현한다. 대부분의 사람이 이 옷에 사로잡혀 삶을 마감한다. 모든 것을 벗어던진 벌거숭이인 나 자신이 어떻게 살 것인지는 완전히 잊어버린 채."

벌거숭이로 태어나 벌거숭이로 죽습니다. 어렸을 때는 장난감 딸랑이 하나에 만족했지만 성인이 되면 자동차가 갖고 싶고, 이성을 원하고, 돈을 원하고, 명예를 원하게 됩니다……. 나이가 듦에 따라 갖고 싶은 것이 바뀌고, 손에 넣었다고 해서 취하고 흥분하며, 잃어버렸다고 침울해지면서 삶을 마감합니다. 갈아입는 옷과 소유물에만 마음을 빼앗겨 소유주인 나, 옷을 입는 사람인 나 자신이 지금 현재를 어떻게 살아가면 좋을지는 생각도 하지 않은 채로요.

홋카이도의 정토진종 사찰의 안주인으로, 암이 전이되어 47세라는 젊은 나이에 세상을 떠난 스즈키 아야코鈴木章子 씨는 이렇게 이야기했습니다.

"병원에서 깨닫게 된 것은 돈도, 명예도, 지위도, 아무것도 도움이 되지 않는다는 것이었습니다. 침대에 누워 있는 한 인간이 있었을 뿐입니다. 그리고 그 인간의 마음속에 무엇이 담겨 있는가가 가장 중요한 것임을 알게 되었습니다."

대통령이나 대학교수라는 명예를 내세운다고 해서 암이 나을까요? 그렇지 않습니다. 금을 산만큼 쌓으면 죽음이 멀어질까요? 그렇지 않습니다. 어떤 명예와 재산도 병이나 죽음 앞에서는 절대적으로 무력해집니다. 손에 넣은 명예나 재산에 취해 있다 죽음의 선고 앞에 순식간에 깨어나고, 그 순간 명예와 재산은 물거품처럼 퇴색하고 사라져갑니다.

아야코 씨는 또 이렇게 이야기했습니다.

"46년간 건강했기 때문에 깨닫지 못하고 보지 못하고 듣지 못하고 멍하니 보내버렸지만, 암에 걸린 덕분에 1초 1초가, 만남 하나하나가 이렇게나 눈부시고, 또 진귀한 기쁨과 함께 그 시간을 보낼 수 있었습니다."

우전왕이 행복이라고 생각하여 취하며 들떠 있던 것은 재산이나 명예 등의 이른바 소유물에 지나지 않는 것이고, 여차하면 두고 가는 것들뿐입니다. 빈두로 존자는 그러한 소유물에서 깨어났기에 "나에게는 부러운 마음이 없다"라고 산뜻하게 답할 수 있었던 것입니다. 진실한 행복은 암조차도 '덕'이라고 받아들이는 마음 본연의 자세와 삶의 방식이 아닐까요.

명예도 재산도
병이나 죽음 앞에서는 무력해진다.

만일의 경우 두고 가야만 하는 것을
부러워할 필요는 없습니다.

어떤 조건에서도
빛바래지 않는
행복을 추구한다

어느 날 석가모니가 말씀을 하고 있는데, 아나율이 깜박 잠이
들었습니다. 이야기가 끝나고 나서 석가모니는 아나율을 불러
엄하게 꾸짖었습니다. 중요한 설법 시간에 잠들었다는 것은
진지한 마음이 부족하기 때문이 아니냐고요. 아나율은 진심
으로 잘못했다고 생각했습니다. 그래서 밤에도 자지 않겠다며
잠과의 전쟁을 시작했습니다. 그러나 살아 있는 육체를 가진

사람이 밤에도 자지 않는 것이 가능할 리 없습니다. 너무 무리한 나머지 점점 눈이 보이지 않게 되었고, 결국 실명에 이르렀습니다.

불제자들은 자신의 가사袈裟(승려가 장삼 위에, 왼쪽 어깨에서 오른쪽 겨드랑이 밑으로 걸쳐 입는 법의-옮긴이)는 스스로 수선해야만 합니다. 눈이 불편하면 옷을 꿰매기는커녕 바늘구멍에 실을 끼울 수도 없습니다. 아나율은 보이지 않는 눈을 깜박거리면서 중얼거리듯이 말했습니다.

"누군가 행복을 바라는 이가 있다면, 나의 이 바늘구멍에 실을 끼워주지 않겠는가."

아나율의 중얼거림을 누구보다도 빠르게 듣고, "내가 끼워드리겠소"라며 옆으로 다가온 이는 바로 석가모니였습니다. 아나율은 깜짝 놀라 기겁하며 저도 모르게 이렇게 물었습니다.

"석가모니께 실을 끼워달라는 부탁을 하다니 송구합니다. 그런데 석가모니께서도 행복을 바라시나이까?"

석가모니는 조용히 답을 했습니다.

"이 세상에 나보다 복을 바라는 이는 없을 걸세. 이 세상의 모든 사람이 행복을 바란다지만, 나만큼 진지하게 행복을 바라는 자는 없을 것이니."

석가모니는 석가국의 왕자로, 왕의 자리가 약속되었던 분입니다. 아버지인 정반왕은 싯다르타(석가모니의 태자 때 이름)를 위해 더울 때는 시원하게, 우기일 때는 상쾌하게 보내도록 3시의 궁전까지 세웠고, 야소다라 비妃라는 아름다운 아내까지 맞이했습니다. 세상의 눈으로는 최고 행복의 정점에 서 있던 싯다르타 태자가, 모든 것을 버리고 출가하여 일개 걸식승이 되어 길을 찾아 떠난 것입니다. 이리하여 목숨을 건 6년간의 수행 끝에 찾아낸 모든 이의 최고의 삶, 마지막 정착지가 불교입니다.

석가모니가 태어나고 일주일 만에 어머니 마야 부인이 돌아가셨습니다. 서른 살이 넘은 고령의 출산이라는 점도 있었고, 출산을 위해 고향인 코리야국으로 가던 중 룸비니 동산에서 갑자기 산기를 느껴 아이를 낳았는데 충분한 치료를 받지도 못한 채 왕궁으로 되돌아가야 했던 점이 겹쳤던 탓입니다.

마야 부인이 세상을 떠난 후, 정반왕은 바로 마야 부인의 여동생인 마하프라쟈파티를 후처로 맞이하여, 싯다르타 태자는 작은 어머니를 필두로 많은 궁녀의 보살핌 속에서 자랐습니다.

생명이 있는 것은 틀림없이 늙고 병들며 죽어갑니다. 많은 재산도 머지않아 빚으로 바뀌고, 애정도 증오로 바뀌는 날이 옵니다. 조건에 따라 빛이 바래는 행복은 진짜 행복이 아닙니다. 어떠한 조건에 있든 빛이 바래지 않는 행복이란 무엇일까요. 이를 찾아 떠나는 여행이 싯다르타 태자의 출가이고, 그리고 깨달음을 찾고 이해한 가르침이 바로 불교인 것입니다.

이는 어디까지나 지금 이곳을 살아가는 나의 삶을 묻는 것임을 잊어서는 안 됩니다.

생각건대 석가모니는 세상에서 가장 욕심쟁이가 아니었을까요. 저도 석가모니만큼은 아니지만, 욕심쟁이라서 이 길로 들어왔다고 생각합니다.

저물어가는 목숨, 불꽃처럼 다하려고

흑단 같은 머리를 자르고 들어선 길이로구나.

이것은 제가 열다섯 살 무렵 이 길로 들어섰을 때의 생각을 시로 표현한 것입니다. 몇 개나 있는 목숨이라면, 다시 살 수 있는 목숨이라면 여러 길을 걸어도 좋겠지요. 하지만 다시 살 수 없는 단 하나의 목숨이라면 최고에 걸고 싶었고, 그렇게 고른 것이 이 길이었습니다.

70년 가까이를 한결같이 걸었어도 겨우 입구에 섰다는 생각이라 '현세나 후세나 이 길을 걷자'며 마음을 새로이 다지고 있습니다.

다시 살 수 없는 목숨이기에
최고에 걸고 싶다.

삶은 어딘가로 찾아가는 것이 아닙니다.
당신의 지금을 바라봅시다.

배를 띄우는 물도,
가라앉히는 물도 하나다

어느 날 석가모니는 갠지스 강을 건넜습니다. 배가 썩고 오래
된 탓에 물이 새어버렸지요. 석가모니는 제자들과 함께 물을
퍼내면서 해안에 도착한 후 제자들에게 말했습니다.

수도승이여,
이 배 안에 든 물을 퍼내라.

배가 비면 그대의 배는 가볍게 달리리라.

이와 마찬가지로 탐욕과 노여움을 끊어버리면

그대는 빠르게 열반에 이르리라.

-《법구경》

운을 맞추려는 탓에 탐욕과 노여움으로 번역되었지만, 원전에는 어리석음을 더해 세 가지 독이라 되어 있습니다. 인간의 끝없는 욕망으로 세 가지 독을 대표적으로 들고 있는 것이지요. 천지天地의 도리, 그 안에 살아 있는 사람의 생명이 있는 것처럼 어둠을 어리석음이라고 말하고, 도리에 어둠이 있는 까닭에 자아중심의 견해와 사고방식이 좁습니다. 중생인 내가 바라는 것을 한없이 추구하는 것은 탐욕이고, 그 생각이 이루어지지 않으면 광분하는 진瞋(육번뇌의 하나로 자기의 마음에 들지 않는 것에 대해 분하게 여겨 몸과 마음이 편안하지 못하게 되는 번뇌-옮긴이)입니다.

수필가인 에바라 유키코江原通子 선생님은 남편을 전쟁으

로 잃고, 여자 혼자의 힘으로 키워낸 외아들도 본인보다 앞세워 보낸 혹독한 인생길을 걸어왔습니다. 그 경험을 통해 어떤 불법과 깊이 만나왔는가를 이야기했습니다. 그때 나누었던 말 중에 에바라 선생님이 이야기한 "배를 띄우는 물도, 가라앉히는 물도 하나"라는 말을 지금도 잊지 못합니다.

물이 한없이 배 안으로 들어오면 배는 침몰하게 됩니다. 하지만 그 물을 배 밖으로 퍼내면 배를 띄우고, 앞으로 나가게 하는 물로 바뀝니다.

이와 똑같이 인간의 욕망은 악이 아닙니다. 욕망은 천지로부터 받은 소중한 생명의 에너지입니다. 그걸 깨닫지 못하고 작은 자아가 '이렇게 하고 싶다, 저렇게 하고 싶다'처럼 '싶다'가 욕망 쪽으로 향할 때 번뇌가 됩니다. 석가모니는 이 번뇌로 향해버린 욕망에 대해 소욕小欲(욕심이 적음-옮긴이)과 지족知足(분수를 지키며 만족할 줄 앎-옮긴이)을, 또 번뇌의 불꽃에 비유해 없애거나 끊을 수 있다고 말씀하셨습니다.

"불에 다가가도 타지 않고 멀리 해도 얼지 않게 불을 잘 이용하는 것처럼 사람과 욕망을 수도修道 쪽으로 돌려라"라고 선인은 이야기했습니다.

불이 좋다고 가까이 다가가면 화상을 입습니다. 하지만 무섭다고 멀리하면 얼어붙지요. 능숙하게 불을 다루는 것처럼 욕망을 수도하는 방향으로, 좋은 쪽으로 향하라는 것입니다.

또한 천지로부터 받은 생명을 천지에 돌려주기 위해, 욕망의 방향을 이타행利他行(남에게 공덕과 이익을 베풀어주며 중생을 구제하기 위해 노력하는 것-옮긴이)으로 돌릴 수 있는 사람을 목표로 정진하는 이를 보살이라고 부릅니다. 단 하나의 생명을, 그 생명의 에너지를 부처님 쪽으로 돌릴 수 있는 사람이라는 뜻이지요.

부처님의 덕을 찬양하는 열 가지 말 중에 '조어장부調御丈夫'라는 말이 있습니다. 말을 훌륭히 다루는 사람에게 비유한 말입니다. 자신이 폭주하지 않도록 또 한 사람의 깨어 있는 '나'가 고삐를 다뤄서 올바른 방향으로 이끌 수 있는 사람이라는 의미이고, 그러한 사람을 어른이라고 부릅니다. 불법이 어른이 되는 종교라고 불리는 까닭도 여기에 있습니다.

자신이 폭주하지 않도록
고삐를 다룬다.

욕망이 나쁜 것이 아닙니다.
욕망을 능히 제어하는 기술을 배웁시다.
또한 나은 쪽으로, 이타행으로 방향을 돌립시다.

한 송이 제비꽃을 위해
바람이 불고 비가 내린다

평생을 교육에 헌신한 도이 요시오 선생님이 이런 이야기를
들려주었습니다.

어느 날 밤늦게 전화가 걸려왔습니다. 이런 밤중에 누가 전
화를 한 걸까 생각하며 수화기를 들자 남자가 다급한 목소리
로 이렇게 말했다고 합니다.

"세상 사람 모두가 저를 버리고 배신했습니다. 살아갈 용기

가 없어 지금 목을 매달아 죽으려고 하는데 하나 신경 쓰이는 것이 있습니다. 나무아미타불이라 외치며 죽으면 구원을 받을 수 있을까요?"

도이 선생님은 말했습니다.

"잠깐 나무아미타불을 외친다고 해서 구원받을 수 있을까요? 그보다 당신은 모두가 자신을 배신하고 버렸다고 하지만, 오히려 당신 자신이 스스로를 배신하고 죽으려는 것이 아닙니까? 이러는 와중에도 당신을 버리지 않고, 계속해서 움직이라고 호소하는 그분의 목소리가 들리지 않습니까?"

"그런 목소리는 어디에도 들리지 않습니다."

그렇게 말하는 남자에게 도이 선생님은 거듭하여 이야기했습니다.

"잠든 사이에도 당신의 심장은 움직이고 있습니다. 죽으려고 할 때조차 당신은 숨 쉬고 있을 겁니다. '죽게 둘까 보냐, 열심히 살아줘'라고 당신의 심장을 움직이게 하고, 호흡할 수 있게 해주는 것입니다. 그 움직임이 부처님입니다. 그게 아니라면 어디에 부처님이 있다고 생각합니까?"

"제가 착각을 했던 것 같습니다……."

남자는 혼잣말처럼 중얼거리더니 전화를 끊었습니다.

잠든 사이에도, 자살하려고 할 때도, 화가 나 있을 때도, 자지러지게 웃을 때도, 언제 어떠한 때도 나를 계속 살게 하는 그 움직임을 부처라고 부릅니다. 끝없는 움직임을 때로 아미타여래나 비로자나불, 또는 관세음보살 등 다양한 각도에서 다르게 부르는데 천지 가득한 단 하나의 움직임을 의인화해서 이름까지 붙인 것입니다.

깨달음 여부와 상관없이 그 움직임의 한가운데에서 모든 생명을 보듬고, 그 움직임을 받아들여 생로병사합니다.

단 한 송이 제비꽃을 위해 지구에 바람이 불고 비가 내린다.

미국 국립공원의 아버지라 불리는 존 뮤어John Muir의 말씀입니다. 눈이 쌓인 산맥을 6년이나 떠돌아다닌 그는 천지가 이야기하는 말에 귀 기울이는 사람입니다. 한 송이 제비꽃을 피우기 위해 지구에 태양이 비추고 비가 내리고 바람이 붑니다. 한 송이 제비꽃을 피우기 위해 천지 가득한 움직임이 존재하는 것입니다. 자살하겠다고 권총의 방아쇠를 당기는 그 움직임조차 천지에 가득한 것으로부터 받아들인 것입니다.

민예연구가 야나기 무네요시柳宗悅 님이 한 말 중에 '어디에 있어도 손바닥 한가운데'라는 말이 있습니다. 언제 어디에 있어도 부처님 손바닥 안이라는 것을 자나 깨나 잊어서는 안 됩니다.

나를 위해
태양이 비추고 비가 내린다.

깨달음 여부와 상관없이,
천지에 가득한 움직임이
당신을 계속 살아 있게 합니다.

천지 가득 살아 있는 생명의
존엄을 깨닫는다

신슈 무료지의 정원에는 니시나자쿠라仁科桜라고 불리는 올
벚나무가 300여 년의 눈바람을 견디며 봄마다 아름다운 꽃을
피워 사람들을 즐겁게 해주고 있습니다. 전해지는 이야기에
따르면 중세부터 에도 시대까지 시나노信濃국의 아즈미安曇군
니시나 장莊을 본거지로 해서 세력을 보존해온 호족 니시나
씨가 곳곳에 심은 올벚나무 중 한 그루라고 합니다.

최근에 갑자기 나무가 쇠약해진 것이 신경 쓰여 수목의에게 진료를 부탁했습니다. 정성스러운 처방전이 나왔고, 조경업에 종사하는 분들이 치료를 맡았습니다. 그 치료의 하나가 뿌리의 흙을 교체하는 것이었습니다.

저는 그분들의 치료 과정을 지켜보고 이야기를 계속 주고받으면서 많은 것을 배울 수 있었습니다.

전 시즈오카대학의 니오 이치오仁王以智夫 교수는 "미생물을 흙이라는 도시에 사는 주민들에 비유하면, 토양 구조는 마치 단지 아파트와 같은 것이다"라고 이야기했습니다. 그 미생물이 사는 도시이자 단지인 흙도, 사람이나 차로 밟아 다져버림으로써 산소가 결핍되고, 단지는 파괴되어 미생물은 살 수 없게 됩니다.

미생물이 활발히 일했을 초반에는 동물의 사체나 낙엽, 떨어진 나뭇가지 등을 분해해서 영양소로 바꿔줍니다. 그것을 식물은 뿌리부터 호흡하여 나뭇가지와 잎을 무성하게 하며, 꽃이나 과일을 맺게 합니다. 미생물과 식물은 상호 작용을 하면서 아득한 옛날부터 공존의 하모니를 연주해왔습니다.

미생물이 살지 않는 흙은 죽은 것과 마찬가지로 뿌리도 영양을 호흡할 수 없고, 점차 쇠약해져 이윽고 고사한다고 할 수 있습니다.

늙은 벚나무 주변 2미터를 깊이 1미터 정도로 뿌리가 다치지 않게 손으로 파서 죽은 흙을 제거하고 뿌리의 건강 상태를 점검한 뒤 건강한 산 흙으로 교체했습니다. 이 흙 속에는 유기물을 잘 분해하는 누룩곰팡이나 식물의 병원균을 제거하는 항균 미생물 등 다섯 종류의 미생물이 있는데 주요 재료는 부엽토, 숯, 생선가루, 뼛가루, 계란 껍데기 등입니다.

이 미생물은 대지에만 있는 것이 아니라, 우리 몸속에도 몇 킬로그램이나 살고 있고, 우리가 먹는 것을 분해해줍니다. 그 덕분에 호흡할 수 있습니다. 병을 치료할 때 항생제를 너무 많이 투여하면 이 중요한 작용을 하는 미생물까지도 죽일 수 있으니 주의해야 합니다.

이런 이야기를 들으면서 한때 과학자가 들려준 일화가 떠올랐습니다. 이 지상에 존재하는 생물을 분류하면 미생물과 식물, 동물과 인간으로 나눌 수 있습니다. 그들을 배역 위에서 바라보면 식물은 생산자이고, 동물과 인간은 소비자이며, 미생물은 인간이나 동식물이 만든 쓰레기를 처리해서 동식물을 무성하게 하고, 서식하기 쉬운 대지로 바꾸는 청소계라고 할 수 있습니다. 이 넷을 피라미드형으로 배치하면 저변을 미생물이 담당하고, 그 위는 식물, 그 위에는 동물이, 그리고 가장 위에는 양쪽의 생명을 받아들인 인간이 있는 구도가 됩니다.

각자가 자신에게 주어진 임무를 완수함으로써 넷의 존재가 가능해집니다. 만약 미생물이 없다면 지상은 금세 쓰레기더미로 변하거나 또는 대지의 기능을 상실하여 사막화 되는 등 식물, 동물, 인간의 생명은 존재할 수 없게 됩니다.

심지어 이 생태 피라미드가 지구상에 계속 살아갈 수 있는 지구 환경을 생각해보니, 지구와 태양 사이의 1억 5,000만 킬로미터라는 거리를 먼저 떠올릴 수 있습니다.

태양에 조금만 가까이 가도 기온은 몇 천 도가 되고, 조금만 떨어져도 영하 몇 백 도가 되어 생명은 존재할 수 없습니다. 1억 5,000킬로미터를 계속 유지하는 배경에는 태양계 행성 상호의 인력이 균형을 이루고, 그 배경에는 우주 공간에 퍼진 다른 은하계 행성군과 인력의 균형이 있다고 할 수 있습니다.

요네자와 히데오 선생님은 이렇게 이야기했습니다.

"불면 날아갈 듯한 생명을 천지와 우주의 요소요소가 모두 살리는 데 매달려 있다. 우주와 필적할 만큼 이 생명이 가치 있다는 데 각성해야 한다."

이 생명의 존엄성에 눈뜸으로써 처음으로 자타의 생명을, 그 생명을 어떻게 사용해야 하는지도 보이는 것이겠지요.

우주와 필적할 만큼
가치 있는 이 생명을,
어떻게 살아갈 것인가.

각자가 자신에게 주어진 임무를 완수함으로써
생명은 유지되어가는 것입니다.

당신에게 주어진
역할은 무엇인가

이탈리아 아시시의 종교인 회의 때의 이야기입니다. 제 차례가 되어 자리에서 일어섰는데, 그 순간 시계를 대리석 바닥에 떨어뜨리고 말았습니다. 서둘러 줍기는 했지만 바닥은 대리석이었습니다. 두 개의 바늘이 날아가는 바람에 시계는 쓸모없어졌지요. 그래서 일단 다른 참석자의 시계를 빌려 이야기를 시작했습니다.

저는 길고 짧은 두 개의 바늘이 있는, 옛날 시계를 애용하고 있습니다. 그걸 바닥에 떨어뜨리는 바람에 바늘이 날아가 버렸는데, 정확히 말하자면 두 개의 바늘을 누르고 있던 핀이 날아가버린 것입니다.

그 핀이, 예를 들어 크기가 100분의 1센티미터라고 합시다. "이런 작은 역할은 시시하니까"라며 주어진 역할을 방치했다면 시계는 멈추고 쓸모없어질 겁니다. 그 작은 핀은 시계의 생명을 양 어깨에 짊어지고, 100분의 1센티미터의 역할을 하고 있는 것입니다.

시점을 바꿔보겠습니다. 만약 100분의 1센티미터의 핀이 아무리 열심히 일하고 있다고 해도, 시계를 구성하고 있는 부품 중 어느 하나가 고장이 났다면 움직이고 싶어도 움직일 수 없습니다. 다시 말해 시계를 구성하고 있는 모든 부품이 총력을 다하고 있기 때문에 핀이 움직일 수 있다는 뜻입니다.

이는 시계의 이야기만이 아닙니다. 천지 가득한 움직임으로 내가 살아가고 있는 것입니다. 천지의 움직임을 온 힘을 기

울여 받아들이고, 지금 여기에 생명의 행위가 있음을 깨달을
수 있다면 그 생명을 어떻게 사용해야 하는가에 대한 대답은
저절로 나올 것입니다.

시계를 구성하고 있는 모든 부품이 온 힘을 다해서 100분
의 1센티미터의 핀을 움직이고 있습니다. 전체로부터 '삶을
받아서' 지금 살아 있다면 그 전체를 위해 지금 이곳의 배역을
맡아야 합니다.

다시 말해 '보은하는 삶'이라는 마음가짐으로 지금의 배역
에 전력을 다하는 것입니다.

석가모니의 가르침을 한마디로 말하면 '운'이라고 할 수 있
습니다. 세상에서 말하는 '운이 좋다'라든가 '운이 나쁘다'라는
이야기가 아닙니다. 모든 것은 운에 따라 생멸生滅합니다. 다
시 말해 이 세계의 일부는 아무리 작은 것도 빠지거나 새는 것
이 아닙니다. 끊임없이 서로 관여하며 존재하는 것이지 단독
으로 존재하는 것은 아니라고 이야기합니다.

정확한 시계의 길고 짧은 바늘을 누르고 있는 100분의 1센

티미터의 핀, 그 핀을 움직이는 배경에는 시계를 구성하고 있
는 부품 전체가 걸려 있는 것처럼 말이지요.

　이 움직임을 불교에서는 '일체즉일一切即一(하나가 곧 일체이
고 일체가 곧 하나라는 뜻-옮긴이)'이라는 말로 표현합니다. 시계
를 구성하고 있는 부품 전체가 '일체'입니다. 이 일체가 총력
을 다해 100분의 1센티미터의 부품을 움직이는 것입니다. 이
것을 '즉일'이라고 표현합니다. 그 100분의 1센티미터의 부
품, 다시 말해 '일'은 시계 전체를, '일체'를 한 몸에 짊어지고
살아가며 지금 배역에 충실합니다. 이를 '일체즉일'이라는 말
로 표현합니다.

　일즉일체, 일체즉일이라는 말로 '운'의 움직임을 말하고, 이
를 '주어진 삶에 보은하기 위해 살아간다'라고 바꿔 말할 수
있습니다.

지금 이곳의 배역에 전력을 다한다.

작은 부품 하나가 빠져도 시계가 움직이지 않는 것처럼,
모든 것에는 중요한 역할이 있습니다.
당신의 역할은 무엇입니까?

인연과 만나 아름다운 꽃을 피워내며

고르고, 고르고, 골라라.

－난고쿠에시(南嶽慧思) 선사

이것은 중국 남북조 시대 난고쿠에시 선사의 《입서원문立
誓願文》을 맺는 한마디입니다. 인생은 끊임없이 골라야 한다는
일면과, 받아들여가는 일면의 두 가지 면이 있다고 생각합니

다. 제 인생은 바로 '받아들이고' 나서 시작된다고 할 수 있을 겁니다.

제 본가는 정토종이지만, 할아버지는 온타케쿄御嶽教(나라에 교단을 둔 일본의 전통적인 민속 신앙–옮긴이)의 대선배였습니다. 노비 평야에서는 기소의 온타케 산이 매우 아름다워서인지, 온타케 산을 숭배하는 수험도의 행자들이나 고주講中(계를 만들어 신불에 참배하는 사람들–옮긴이)분들이 많았습니다.

할아버지는 온타케 산의 신위神位를 받들기 위해 신사를 만들고, 본가 뒤에는 고주분이 참배하고 순례할 수 있는 석가산 石假山까지 만들어 한 달에 한 번 고주분들끼리 참배를 했었습니다.

아버지는 잔병이 많았던 탓인지 할아버지의 길 대신 서예와 중국 고전의 길을 걸었습니다. 아버지가 마흔다섯일 때 병에 차도가 있어서 제가 생긴 것 같습니다. 오랜만에 자식이 생겼다고 부모님은 기뻐했지만, 그것도 잠시 15년 전에 타계한 할아버지가 "이번에 잉태한 아이는 출가할 것이다"라고 신탁

195

을 내렸습니다. 게다가 제가 태어나자마자 할아버지가 다시 나타나 "신슈에서 출가할 것이다"라며 평생의 예언까지 내렸다고 합니다. 고모 슈잔니(아버지의 누나이자 신슈 무료지의 주지)는 너무나 기뻐하며 다섯 살이 될 때를 기다려 데리러 왔다는 것이 일의 전말입니다. 어머니는 눈물을 흘렸고, 고모는 기뻐했다고 이따금 전해 들었습니다.

다섯 살에 무료지의 문을 빠져나간 나를 슈잔니는 바로 본당으로 데려가 본존 앞에 앉히며 이렇게 말했습니다.

"공손히 절하거라. 부처님은 언제까지나 너를 지켜줄 거야. 부처님에 대한 걸 잊고 푹 잠들어버릴 때도, 노는 데 정신이 팔려 있을 때도, 부처님이 정말 있느냐며 반발할 때도, 언제 어떠한 때도 계속 지켜봐주실 게야.

또 하나, 부처님은 양손을 모두 써서 엄지와 검지로 동그라미를 만들고(아미타여래) 계시지. 만약 네가 아무도 보지 않을 거라고 생각해 나쁜 짓을 하면 그 손의 동그라미가 삼각형이 될 게다."

다섯 살이었던 저는 그 말을 곧이곧대로 받아들여서 항상 '부처님은 뭐라고 말씀하실까' 하는 생각이 머리에서 떠나지 않았습니다. 열다섯 살에 출가를 하고 처음으로 만날 수 있었던 사와키 고도 노사께서 "종교라는 것은 삶의 모든 것이 부처님께 이끌려가는 것이야"라고 말씀하시는 걸 듣고 다섯 살 때 고모가 이야기해준 '부처님 손의 동그라미'는 이것이구나라는 걸 깨달을 수 있습니다.

열다섯 살의 봄, 단 한 번의 인생을 최고에 걸었다는 기쁨과 이상에 불타 출가득도하고 수행도장에 들어갔습니다. 더 배우고자 하는 마음에 열아홉 살 봄에 대학에도 들어갔습니다. 그리고 대학에서 11년간 공부를 했지요. 당시 대학은 공학밖에 없었고, 전교생 중에서 여성은 비구니를 포함해도 열 명 내외. 말하자면 주변이 모두 신랑 후보라고 해도 좋은 곳에서 10년여를 보낸 것입니다. 불도를 걷는 길과 결혼을 양립하는 길은 없을까 하고 모색한 시기도 있었습니다. 하지만 사와키 고도 노사의 "나도 힘이 있었다면 결혼했을 게야"라는 말씀을 듣고, 이 심오한 길을 걷는 데 양립은 무리라고 판단했습니다.

대학에 오래 있어서인지 대학이나 종무청 등에서 많은 제의를 해왔지만 모두 거절하고, 망설임 없이 여승의 길을 걸은 지 어느새 50여 년이 되었습니다. 어쨌든 편안하게 살고 싶은 게으른 제가 여기까지 올 수 있었던 것은 전적으로 이 길을 걸어온 선배들의 지도와, 함께 수행한 수행승들에게 힘입은 것에 그저 합장이 얹혔을 뿐입니다.

다섯 살에 입문하고 어느덧 여든 살. 그동안 끝없이 많은 불도와 인생의 선배들, 그리고 인연이 있는 분들의 가르침 속에서 제 생애의 지침이 되었던 말과 구체적인 이야기들을 중심으로, 여기에 한 권의 책으로 정리했습니다. 좋은 기회를 제공해주신 출판사에 감사드립니다.

아오야마 슌도 합장

진흙이 있기에 꽃은 핀다

1판 1쇄 인쇄 2018년 4월 23일
1판 1쇄 발행 2018년 4월 27일

지은이 아오야마 슌도
옮긴이 정혜주
펴낸이 김성구

책임편집 이은정
단행본부 류현수 김민기 김동규
저작권 이은정
디자인 홍석훈 문인순
제 작 신태섭
마케팅 최윤호 송영호 유지혜
관 리 노신영

펴낸곳 (주)샘터사
등 록 2001년 10월 15일 제1-2923호
주 소 서울시 종로구 창경궁로35길 26 2층 (03076)
전 화 02-763-8965(단행본부) 02-763-8966(마케팅부)
팩 스 02-3672-1873 **이메일** book@isamtoh.com **홈페이지** www.isamtoh.com

한국어 판권 ⓒ (주)샘터사, 2018, Printed in Korea.

ISBN 978-89-464-2083-0 03830

이 도서의 국립중앙도서관 출판시도서목록(CIP)은 e-CIP 홈페이지
(http://www.nl.go.kr/cip.php)에서 이용하실 수 있습니다. (CIP제어번호 : CIP2018009003)

값은 뒤표지에 있습니다.
잘못 만들어진 책은 구입처에서 교환해드립니다.